長編推理小説
十津川警部シリーズ

西《にし》村《むら》京《きょう》太《た》郎《ろう》

伊《い》豆《ず》箱《はこ》根《ね》殺《さつ》人《じん》回《かい》廊《ろう》

NON NOVEL

祥伝社

目次

カバー装幀　三潮社／上野 匠
カバー写真　大坪寛明／アフロ
Anesthesia ／ PIXTA
地図作成　三潮社

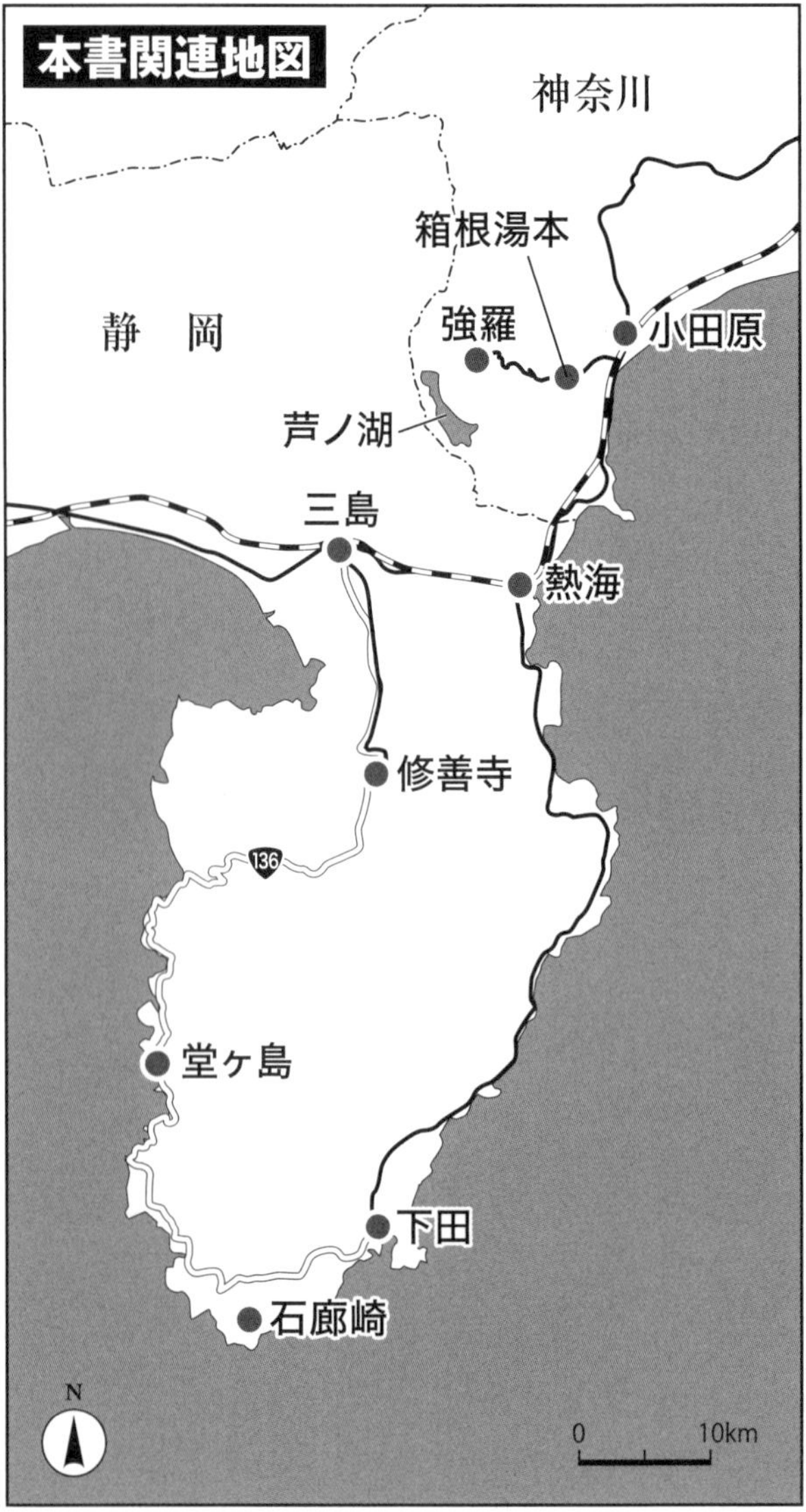

本書関連地図
神奈川
箱根湯本
静　岡
強羅
小田原
芦ノ湖
三島
熱海
修善寺
136
堂ヶ島
下田
石廊崎
N
0
10km

第一章　特急踊《おど》り子《こ》五号

1

　二〇二〇年九月一日。四五歳の管野慎一郎《すがのしんいちろう》は、府中《ふちゅう》刑務所を出所した。

　刑期は二年六カ月。出資法違反であった。

　出所する日の朝、刑務所長は、返却する所持品を包んだ風呂敷《ふろしき》と別に、半ダースの不織布《ふしょくふ》マスクを、管野に渡した。

「外に出たら、真っ先に必要なのは、マスクだ。使い方は、所内で教わったはずだ。二年六カ月、無事に刑期を了《お》えたのに、外に出て、コロナにかかったら、元も子もないからな」

　と、所長が、いった。

「面倒くさい世の中になったものですね」

　管野は、面倒くさそうに、いった。

　コロナについては、刑務所内でも、情報は入ってくる。

　それどころか、刑務所の閉ざされた空間では、一人でも、感染者が出たら、あっという間に、感染は広がってしまう。

　それを恐れて、所長も、看守も、受刑者をうるさく指導した。マスクの着用、手洗いの励行《れいこう》、必要以外に声を出すな。それに従わないと、怒られた。

その強制が、功《こう》を奏《そう》したのか、所内で、感染者は出なかった。

「規制を厳《きび》しくしたのが成功して、君も、コロナにかからずに、無事に社会生活に戻れる。その点は、感謝してほしいな」

と、所長がいう。

管野は、黙《だま》っていた。

受刑者の中には、コロナの感染を怖がっている者も多かったが、管野は、平気だった。というより、コロナに感染すれば、病院に移されて、楽ができると思っていたから、所長に感謝する理由はないのだ。

所長は、そんな管野の態度が、気に食わなかったのか、

「二度と、戻ってくるなよ」

と、お決まりのセリフを口にして立ち上がった。

迎えに来たのは、保証人の谷口《たにぐち》ゆみという女だった。

この女について、管野は、よく知らない。

年齢は、三五、六歳だろう。

木村更三《きむらこうぞう》が、政治家の私設秘書をやっていることはわかっている。ゆみは、その木村が、弁護士事務所から、手配してくれた。それだけだが、他に、今の社会と連絡の取りようがないのだから、今は、彼女のいうことを聞くより仕方がない。

国産の新車で迎えに来たらしい。

「おめでとうございます」

と、ゆみは、型どおりのあいさつをしてか

ら、

「これから、ご自宅にお連れしますが、その前に食事をご希望でしたら、安全な店を、ご紹介します」

と、マスクをした顔で、きく。

表情の乏《とぼ》しい女だが、マスクで、ますます、何を考えているのか、わからない。

「いや、まっすぐ、マンションに帰りたい。ところで、経堂《きょうどう》のマンションは、そのままなのか？」

「木村さんが、いつ、管野さんがお帰りになってもいいように、二年半、全ての経費を払っていらっしゃったので、いつでも、住めるようになっています」

「木村が、か」

と、管野は、呟《つぶや》いてから、

「彼は、今、何しているんだ？」

「コロナ問題が長引いておりますので、木村さんのついている、政治家の先生は、総理に乞《こ》われて、現在、コロナ対策大臣をされていらっしゃいます」

「対策大臣ねえ」

「先生の学識、経験が、コロナ問題で、ようやく認められたことだと、木村さんたちは、皆さん、お喜びです」

「――――」

管野が黙っている間に、車は、経堂駅近くのマンションに着いた。

ゆみは、先に立って、エレベーターで五階にあがり、五〇二号室のドアを開けてから、そのキーを渡した。

「お預かりしていたキーで、ございます」

部屋の中は、きれいに掃除されていた。冷房も効いている。多分、木村の指示だろうが、こういうところは、きちんとしているのだ。

ゆみは、バッグから、真新しい通帳とキャッシュカード、印鑑、新しいスマホを取り出して、

「これを、木村さんから、お預かりしてきました。これを、当分の生活費として、使ってくれとおっしゃっていました」

と、いう。

普通預金の中身は、一千万円で、管野愼一郎の名義と、印鑑になっていた。

管野は、黙ってそれを、上衣《うわぎ》のポケットに、ねじ込んだ。

2

「それから、これは、木村さんが、ご心配になっていらっしゃるんですが、コロナで、世の中が、がらりと変わってしまっている。そんな時、二年半のブランクのある管野さんの生活が、心配だ。自分は、忙しいので、相談にのれないが、幸い、ＧｏＴｏキャンペーンが、生きているので、旅行に行ったらどうか。それも、伊豆《いず》、箱根《はこね》あたりで、ゆっくり温泉を楽しんだら、コロナ時の生活にも慣れるだろうと、おっしゃっています」

と、ゆみが、いう。

木村の気持ちというところは、気に入らないが、出所したあと、何をしたらいいかについては、迷っていた。

すぐ働くつもりはない。まず、酒を飲みたいが、コロナのせいで、夜の居酒屋は、早く閉まってしまうらしい。

旅行は、もともと、好きだった。

ＧｏＴｏキャンペーンという言葉は、知っていたが、具体的にどんなものか、利用していないのでわからない。

他に知っているのは、規制だけである。

マスクは、絶対にしろ。

手洗いは、欠かすな。

三密は、避けろ。

社会的ディスタンスを守れ。

禁止ばかりである。

二年六カ月間、刑務所に押し込められ、自由を奪われてきた。やっと自由になれたのに、その自由なはずの社会は、禁止だらけなのだ。

「ＧｏＴｏキャンペーンでの旅は、自由なの？」

と、管野が、きいた。

「都内発着は、キャンペーンの対象に、なっていませんが、一応、どこへ行くかは、今のところ、自由です。政府は、ＧｏＴｏを実行しなければ、日本の経済は、窒息《ちっそく》してしまうと、いっていますから」

「ここにいても、息が詰まるから、旅行に行きたいが、二年六カ月前のつもりで、動けるのかな」

「大丈夫なところと、全く違うこともあります」

「それを教えてくれ」

「そうですねえ」

と、ゆみは、ちょっと考えてから、

「近くでは、伊豆によく行かれたんじゃありませんか」

「ああ、よく行った。木村とも、よく行ったよ」

「その時には、東京《とうきよう》からなら、東海道《とうかいどう》本線で特急『踊り子』に乗られたと思いますが」

「もちろんだ。早いし、伊豆急下田《いずきゆうしもだ》まで、直通だからね」

「今でも、特急『踊り子』は東京駅から出ています。でも、一本目の、三号は、東京駅から出ていますが、ずいぶん前から、二本目の五号は出ていません」

「出ていないって、二本目ぐらいが、一番時間的に都合がいいんだよ。廃止されたのか？」

「いえ、『踊り子五号』は、土、日は池袋《いけぶくろ》、平日は新宿《しんじゆく》始発なんです。新宿、渋谷《しぶや》、武蔵小杉《むさしこすぎ》、横浜《よこはま》を通って、今までどおり伊豆急下田が終点です」

「武蔵小杉は、私鉄の東急《とうきゆう》の駅だろう」

「もともと、ＪＲも通っています。今は、一番発展しているところですから、ＪＲも、特急を停車させることにしたんだと思います」

「他にも、変わったところがあるのか」

「どうでしょう。伊豆周辺をＧｏ Ｔｏ するスケジュールは、私が、作って、持ってきますけど」

と、ゆみが、いう。

「いっそのこと、切符から、旅館の予約まで、全部、揃《そろ》えて、持ってきてくれないかな。ＧｏＴｏの実態もよくわからないんだ」

「早いほうがいいですね」

「ああ。それから、土、日じゃないほうがいい。混んでるのは、ごめんだ」

「わかりました」

「予約の費用は、おれの通帳から、引き落としてくれ」

と、管野がいうと、ゆみは、初めて、マスク越しにわかるくらい、ニッと笑い、

「費用は、全て、木村さんにつけておきます」

と、いった。

3

スケジュール表は、九月六日の日曜日に持ってきた。

「ご要望のように、明日七日、月曜日に、東京出発にしておきました」

と、いう。

行きは、特急「踊り子五号」。

「先日、お話ししたように、この列車は、新宿からも、渋谷からも乗れますから、便利だろうと思いまして、駅が新しくなった、渋谷からにしました」

「渋谷九時三〇分発か。時間的にちょうどいい。武蔵小杉を通るのも、面白いと思っていま

すよ」

と、管野は、いった。

伊豆下田は、駅の近くの、清風荘《せいふうそう》の予約が、とってあった。

「おれが、清風荘を何回か使っていたのを、よく知っていたね」

と、きくと、

「木村さんから、その辺のことは、伺《うかが》っていました」

「この旅行のことは、木村に話したのか？」

「一応、お知らせはしておきました。木村さんは、ご一緒したいが、コロナのことで、忙しくて申しわけないといわれて、いらっしゃいます」

「ひとりのほうが、いいよ。とにかく、二年六カ月、同じ受刑者たちと、ずっと一緒だったんだから。ひとりが、助かるんだ」

これは、正直な気持ちだった。

「スケジュールのほうは、伊豆下田から、西伊豆に出て、熱海《あたみ》、箱根にしておきましたが、もし、ご不満でしたら、現地で、お好きなように、変えてください。ウイーク・デイなので、さほど、混んでいないと思います」

と、ゆみが、いった。

「とにかく、楽しんでくるよ」

と、管野は、いった。

翌日、これは、刑務所の習慣で、シャワーを浴びてから、キャッシュカードと新しいスマホは忘れずに、マンションを出た。

二年六カ月留守にしていた町だが、さほど変わったようには見えない。

普通に動いている。

ただ、全員が、マスクをしているのは異様だ。

渋谷に出た。

渋谷駅は、すっかり変わっていた。

山手《やまのて》線ホームに並んで、埼京《さいきょう》線のホームがあって、伊豆急下田行の「踊り子五号」は、そこから出発するのである。

ウイーク・デイで、ラッシュ・アワーをすぎたばかりの時間なので、さして、違っては見えないが、管野の記憶にある二年六カ月前に比《くら》べれば、人の動きは少ない。

ただ、ホームの駅員も、電車の運転手も、車掌も、乗客も、マスク、マスクである。

管野自身も、所長に貰《もら》ったマスクをしているのだ。

彼が子供の時に好きだった浅草《あさくさ》へ行く地下鉄の駅も移動していた。

埼京線のホームは、湘南《しょうなん》新宿ラインのホームも兼ねている。

とにかく、渋谷というと、管野には、山手線と私鉄のホームという印象が強いのだが、今は、さまざまな路線が入っているのだ。

間もなく、伊豆急下田行の特急「踊り子五号」が入って来るというので、子供連れの姿が、ちらほら、見えるようになって、管野は、何となく、ほっとした。

「踊り子五号」が入って来る。

見なれた車体なので、また、ほっとした。さっき、埼京線ホームに入ってきた埼京線の列車が、やたらに真新しいデザインで、ビックリしていたからである。

「踊り子五号」は、白い車体にグリーンの線が入り、「踊り子」のヘッドマークが入った、二年六カ月前にも走っていた列車と同じ感じだった。

ゆみの用意してくれた特急乗車券にしたがって、4号車グリーンの座席に腰を下ろした。

座席も網棚も、適当に古くて、管野を安心させてくれる。

武蔵小杉でも、五、六人が乗ってきたが、車内を見廻《みまわ》すと、やはり、三分の一くらいの乗客である。

熱海の先になると、降りる客がほとんどだった。

ふと、列車全体の様子を見たくなって、立ち上がると、5号車の方向へ向かって、通路を歩いて行った。この「踊り子五号」は、一〇両編成である。

列車全体でも、空《す》いていた。

4号車に戻ってくると、網棚にのせたリュック型のバッグが、消えていた。

4

出所してから買った、少し派手な色のバッグである。

10号車まで行って戻ってくる間、列車は停車しなかったし、あのバッグを持った人間に、通路で、出会っていない。

とすれば、盗んだ奴は、4号車の前方、3号車の方向に逃げたのだ。

次の停車駅、伊豆高原《いずこうげん》まで、あと、一二、三分は、停車しない。

管野は、ゆっくり、3号車の方向に、通路を歩いて行った。

こんな時の管野は、妙に冷静になり、冷たい眼つきになる。

3号車、2号車と、網棚を見ていくが、彼のバッグは、見つからない。

1号車。

一番端《はし》の網棚に、管野のバッグが、あった。その下にいるのは、サングラスのっていた。と、マスクで顔がほとんどわからない二〇代の男だった。

管野は、黙って、その男の横に腰を下ろした。

「何だよ。向こうへ行け」

と、男が、怒鳴《どな》る。

管野は、黙って、左の拳《こぶし》で、男の腹を殴《なぐ》りつけた。

男が、呻《うめ》いて、身体《からだ》を折る。

本当は、禁止なのだ。

管野は、二〇代の時、プロボクシングの六回戦のライセンスを持っていた。

その頃、私的に、拳を使うのは、禁止されていた。

もちろん、今でもだろうが、本人は、時には、仕方がないと思っている。それに、手心を加えて、殴ったのだ。

「お前のスマホを渡せ。それで、許してやる」

と、管野は、小声で、男にいった。

「嫌だ」

と、男が、いう。

「それなら、もう一度、殴る。お前は、死ぬぞ」

管野が、男の耳もとで、いった。

今度は、男が、のろのろと、ポケットから、スマホを取り出した。

それをもぎ取ると、網棚から、自分のバッグも下ろした。

「スマホを返してほしければ、下田の清風荘という旅館へ取りに来い。取られたと、警察にいってもいいぞ。その前に、今日のことを、命令した奴に相談しろ」

それだけいって、管野は、立ち上がった。

列車が、伊豆高原駅に着くと、男は、這《は》うようにして、降りて行った。

自分の席に戻ったあと、男から取り上げたスマホを、いじってみようかと思ったが、管野は、面倒くさくなって、電源を切って、バッグに放り込んだ。

細かいことは、苦手だったし、予想どおりになっていくのが、嫌だったのだ。

伊豆熱川《あたがわ》、伊豆稲取《いなとり》、河津《かわづ》と停車していく。降りる乗客の中に、サーフボードを抱《かか》えた若者を見ると、少しばかり、心が、安まった。サーフィンに熱中して、ハワイまで行ったこともあったからである。

定刻の一二時一四分、伊豆急下田着。

入れ替わるように、伊豆急の「リゾート21」が、出発していった。

腹が空いているので、駅前に並ぶ食堂の中から、「とんかつ」の字が、やたらに大きな店を選んで、入っていった。

大きなとんかつに、ご飯、味噌汁、スパゲティがついている。

店の主人は、マスクをつけているが、客のほうはマスクをつけていない。

何となく、ちぐはぐな感じがする。

食べ終わっても、まだ、一時にはならない。この時間で、旅館に行くのは、早すぎると思って、車で、石廊崎《いろうざき》へ行ってみることにした。

タクシーに乗る。


三〇分で、石廊崎に着く。

オーシャンパークでは、何かの祭りで、のぼりがはためき、駐車場には、車が集まっていた。が、東京ナンバーよりも、他府県のものが多かった。

東京の人間が敬遠されているのか、もっと遠くへＧｏＴｏするのか。

灯台へ通じる通路は、さすがに、人が多かったが、三密を恐れてか、驚いたことに、検温チェックがあり、検温済みのリストバンドを着けさせられた。

おまけに、連絡先を書かされた。多分、観光客の中に、感染者が出た時のためだろう。

それを、納得させるほど、灯台へ行く道には人がいた。

さらに、岬の突端の展望台は、ほとんど三密だった。

天気がいいので、伊豆諸島が、はっきり見えた。

この時ばかりは、純粋な観光客になって、スマホで、景色を撮《と》りまくった。

待たせておいたタクシーで、今日の泊まり先の清風荘に向かった。

刑務所へ行く前には、何度も使った旅館である。

嬉《うれ》しかったのは、女将《おかみ》が、管野のことを、覚えてくれていたことだった。

女将は、マスクをつけていたが、夕食の時、部屋に来てくれて、話し相手になってくれた。

「お友だちの木村さんがついている先生は、コロナで、偉くなって、木村さんも、やり手の秘書として、先日のテレビに映っていましたよ」

と、いう。

「それでは、木村も、先生と呼ばなければならないね」

「お友だちなんだから、今までどおり、木村君でいいんじゃありませんか」

「どうかな。人間は変わるから」

「管野さん自身は、どうされてるんですか。しばらく、お見えにならなかったから、心配していたんですよ」

「ちょっと、外国へ行っててね。木村はよく来たんじゃないの？」

「三回ほど、いらっしゃいましたよ。それにしても、あの方は、運のいい方ですねえ。コロナでは、皆さん、困っているのに、それをチャンスにして、このままコロナが続けば、間違いなく、大物大臣の秘書ですよ。管野さんは、運が悪くて、というより、バカ正直なんですよ。ずるく立ち廻ればいいのに」

と、いう。

（おれが、二年半、刑務所に入っていたことを、知っているな）

と、思った。

「どうも、うまく、立ち廻れなくてね」

とだけ、管野は、いった。

「管野さんは、今も、木村さんと同じ政治の世界に、いらっしゃるの？」

「今は、どうしようかと思っている」

「もし、今後も政治の世界で働きたいのなら、力のある先生を紹介してあげますよ。木村さんも、その先生と親しくなってから、今の地位につけたんですから」

「じゃあ、木村は、女将さんにその先生を紹介してもらったんだ」

「ええ。コロナ騒ぎの前ですよ。何だか、元気がない様子で、やっぱり大きな派閥に入らないと、偉くなれないというから、私が、あの先生を、紹介してあげたんですよ」

「それは、何という先生？」

「畑山《はたやま》先生」

「あの、元首相の畑山？」

「そうですよ。あの先生は、静岡《しずおか》出身で、うちの父と、親友です」

「なるほどねえ」

「管野さんも、よければ、畑山先生を紹介しますよ。そうだ。今週の日曜日に、うちにいらっしゃるから、もう一度、日曜日にいらっしゃい」

「ありがたいが、少し考えさせてくれ」

と、管野はいった。

5

風呂に入って、ふとんに入る。

何となく時間をもてあました。刑務所の二年半は、時間がくれば強制的に消灯されていたからである。

それを考えると、何時でも起きていられることが、楽しくなってくる。

一一時のニュース。

コロナ情報、感染者数が、下降しているから、ＧｏＴｏは、必ずやると、担当大臣が息巻いている。

その時、発表する大臣の横に、ちらっと、木村の顔が見えた。

しかし、管野が、きッとした眼になったのは、地方のニュースのほうだった。

静岡のニュースだった。

〈本日、午後七時半頃、国道一三六号線の××付近で、バイクで走行中の田中良《たなかりよう》さん（二七歳）が、トラックにはねられて死亡した。はねたと思われるトラックは、現在、逃走中で、警察が、探している〉

（あの男だ）

と、思った。

この旅館に着いてから、取り上げたスマホを調べて、所有者の男の名前が、田中良とわかっていたからである。

あの男、田中良は、誰かに頼まれて、管野のバッグの中身を調べようとして、それに失敗したのだ。

それだけでなく、スマホを取り上げられてしまった。

そのスマホの中に、依頼者に都合の悪いことが入っているかもしれない。

だから、田中良の口を封じようとした。

当たっているかもしれないし、間違っているかもしれない。

考えたが、わからない。

面倒くさくなって、管野は、眼を閉じ、眠ってしまった。

翌日、朝食は、バイキングだった。

出発する時、管野は、女将に、

「ひとつだけ、頼みたいことができた」

と、いった。

「畑山先生を、紹介してくれということじゃないみたいですね」

「預かってもらいたいものがあるんだ」

「私でなければ、預かれないものですか？」

「頑丈《がんじょう》な金庫が、あったでしょう。自慢の金庫が」

「ええ。ありますよ」

「そこに、何もいわずに、一年間、預かってもらいたいんだ。誰が見たいといっても、一年間は誰にも見せないで、預かったことも、秘密にしてもらいたい」

「まさか、爆弾なんかじゃないでしょうね」

と、女将が、冗談《じょうだん》めかして笑った。が、管野は、笑わずに、

「ひょっとすると、人間ひとりの、命に関係してくるかもしれない」

「いいですよ。預かって、誰にも見せず、喋《しゃべ》らなければ、いいんでしょう」

「これを、金庫に入れて、一年間、眠らせてほしいんだ」

管野は、男から奪ったスマホを、封筒に入れ、ガムテープで閉じたものを、女将に渡した。

女将は、ふうッと、小さく息を吐いて、

「中身は何かききませんよ」

と、いってから、管野の眼の前で、自慢の金庫に入れ、カギをかけてくれた。

そのあと、管野は、女将に、見送られて、出発した。

タクシーで、伊豆半島の突端を廻って、西伊豆に入った。

鉄道が通ってない分、観光客の姿も少なく、それに、反比例して、自然が、鮮やかである。長者ヶ原《ちょうじゃはら》山つつじ公園とか、マーガレット花狩り園といった植物園が多い。

松崎《まつざき》に、入る。

この先は、何といっても、堂《どう》ヶ島《しま》である。

ゆみが、とっておいてくれた堂ヶ島の、三四《さんし》郎《ろう》ホテルに、まず、チェック・インした。

ホテルの駐車場も、東京以外の車が多かった。管野は、ホテルの自転車を借りて、出かけた。

堂ヶ島では、加山雄三《かやまゆうぞう》ミュージアムが、有名だが、管野が着いた時は、改装中だった。「営業中」とあったが、遠慮して、遊覧船に乗ることにした。

ところが、海が荒れ気味で、船の乗り場に行くと、近くの洞くつめぐりコースしかやってなかった。

それでも、自転車を預けて、遊覧船に乗った。

ここにも、コロナの影響が出ていて、船長も乗客も、マスクをしているし、船内の座席も、とびとびに座ることになっていた。

救命胴衣をつけると、デッキに出られていたので、管野は、スマホを持って、デッキに出た。

確かに、風が強く、かなりゆれる。が、それより、管野は、岸の方から、双眼鏡で見られていることに気がついた。

もちろん、こちらの遊覧船を見ているだけなのかもしれない。

それでも、管野が、スマホを向けると、向こうは姿を消してしまった。

管野は、苦笑しただけである。

刑務所を出たあと、行動を監視されるかもしれないとは、思っていた。列車の中の田中という男の行動などを考えると、予想は当たっていたのだ。

（あまり、おれを怒らせないでくれ）

と、思った。

それは、ケンカが嫌だというよりも、菅野は、自分の我慢の限界が、わからないからでもあり、そうなった時、どんな行動を取るか、わからなかったからでもあった。

とにかく、旅行を楽しもうと考え、周辺をサイクリングしたあと、ホテルに戻った。

ホテルに一泊したあと、ゆみの作ったスケジュールでは、まっすぐ、箱根に向かってしまうのだが、菅野は、その前に、修善寺《しゅぜんじ》で、時間をつぶすことにした。

いや、もっと正直にいえば、他人の作ったスケジュールどおりには、動きたくなかったのだ。

それに、修善寺には思い出があった。

天邪鬼《あまのじゃく》といわれることが多い。ヘソ曲がりといわれることもあるが、これは、生まれつきだから仕方がない。

もちろん、そのために、損することが、多い。

二年六カ月、刑務所暮らしをすることになったのも、そのせいだ。腹が立つが、別に後悔はしていない。

タクシーで、一三六号線を修善寺に向かって北上する。

「観光ですか」

と、初老の運転手が、きく。その運転手も、マスクをつけている。

「三年ぶりに、修善寺に行くんだ」

と、管野は、いった。

「修善寺も、変わったろうね」

「やたらに、賑《にぎ》やかになって、近くにある、虹《にじ》の郷《さと》というのが新しくなって、そこには、イギリスのSLが走ってます」

運転手は、観光パンフレットを、片手で渡した。

なるほど、少し小型だが、本物のSLだった。

昔から有名な弘法大師空海《こうぼうだいしくうかい》の修禅寺《しゅぜんじ》や、独鈷《とっこ》の湯《ゆ》の写真ものっている。

「それが、このコロナさわぎで、ぱったりお客さんが来なくなりました」

「政府が、ＧｏＴｏキャンペーンを、やってるじゃないか」

「それも、あんまり助けにはなりませんよ。マスクをつけたり、大声で喋るなとか、黙って、酒を飲めじゃあ、修善寺観光になりませんから」

と、いう。

「独鈷の湯の近くに、『お多福《たふく》』という旅館が、あったんだが、今でもやってるかな」

「お多福って、愛嬌《あいきょう》のある若女将がいる？」

「ああ、そうだ」

「やってますよ。ただ、小さな旅館なので、コロナで、大変みたいですけど」

「今日は、そこに、泊まりたいんだ」

「じゃあ、予約をとっておきましょうか」

と、運転手が、いってくれる。頼むといいかけて、

「いや、自分で、行って、きいてみるよ」

と、いった。

「なるほど」

と、バックミラーの中で、運転手が笑った。

「何だい？　なるほどって」

「さっき、修善寺は、三年ぶりだとおっしゃって。それで、なるほどと納得したわけです」

その言葉に、今度は管野が、苦笑した。

「ちゃんと、前を見て、走ってくれよ」

途中から、桂川《かつらがわ》を渡って、修善寺の町に入った。

鬼《おに》の栖《すみか》という旅館がある。人工的に夕立ちを降らせたり、雷を鳴らしていたが、今もやっているのだろうか。

あっという間に、独鈷の湯に着いた。

あまり変わっていない。が、ウイーク・デイのせいか、コロナのせいか、歩いている観光客の姿は少なかった。

それに、浴衣《ゆかた》姿は、修善寺に似合うが、マスクは似合わない。

タクシーを、降りた。

旅館お多福は、独鈷の湯の傍《そば》だという記憶があったのだが、実際に来てみると、少し離れていた。

記憶とは、こんなものだと思いながら、歩いていくと、お多福には、「臨時休業」の看板が、かかっていた。

仕方がないので、少し早めの昼食をとること

にした。

自然に、三年前にも、行った店を探す。

やっと、見つけて、その店に入った。

手打ち十割そばの店だった。

その固いそばは、三年前と同じだったが、店の主人は、息子に代わってしまっていた。

（修善寺に来たのは、間違いだったか）

という思いが、強くなっていた。

二年六カ月の刑務所暮らしそのものは、頑健《がんけん》な身体の持ち主の管野には、別に、辛《つら》いものではなかった。

問題は、精神的なものなのだ。本音《ほんね》をいえば、自分で望んでの二年六カ月ではない。が、一応、自分なりに、自分を納得させていた。

ただ、今、自分の弱さに気づいて、戸惑《とまど》ってもいた。

そのせいで、自然に、思い出を追っていた。

（このまま、東京に帰ろうか）

その決心がつかないまま、修善寺の町を歩く。

夜になり、まだ、東京に帰るか、お多福以外の旅館を探すかの気持ちが定まらず、独鈷の湯近くのバーに、入った。

客は、ひとりもいなかった。

カウンターの向こうに、小柄な老人が、ひとりいるだけだった。

このバーテンも、大きなマスクをして、口数が少なかった。

「何にします？」

ぼそっと、きく。

「昔、修善寺で流行《はや》っていたカクテルがあるんだ。知ってるか」

「小さな虹――ですか？」

「知ってるじゃないか。それを頼む」

少し、気分が、よくなった。

「静かすぎる。何か聞かせてくれ」

「演歌ですか」

「いや。ペギー・リーだ。知ってるか」

「一応、その世代ですから」

「聞きたい」

「レコードがあったかどうか、探してみます」

カクテル「小さな虹」が先に出来て、それを飲む。

レコードのほうは、なかなか見つからないままに、管野は、グラスを重ねていった。


いくら飲んでも酔わないのが、自慢だった。相撲《すもう》取りと、夜を徹して、日本酒を飲んだこともある。

今日はいつの間にか、酔い潰《つぶ》れてしまった。

それでも、席の端に移っていたのは、それだけの気づかいはしていたのだ。

寒気《さむけ》で、意識を取り戻した。

隣に、誰かいた。

女の匂い。その女が、黙って、管野の肩に、コートをかけてくれた。

音楽が、聞こえた。間違いなく、ペギー・リーのかすれた声だ。

うす眼を開ける。女が、こちらをのぞき込む。

「こんばんは」

と、女がいった。

「お多福の——若女将の——」

「多恵《たえ》——です。管野さんでしょ」

女が、ニッコリする。

「覚えてくれていたんだ」

「覚えていますよお」

と、いってから、相手は、管野の耳に口を寄せて、

「指が覚えているといったのは、川端康成《かわばたやすなり》の『雪国』でしたっけ」

「君の旅館に泊まろうと思ったのに、臨時休業だった」

こんな時、男は、そんなバカなことしかいえないのだ。

「大丈夫。今日は、管野さんのために、部屋を用意します」

「ありがとう」

少しずつ、意識が、はっきりしてくる。

「もっと飲むぞ」

と、バーテンに向かっていう。

小さな虹が、二つ運ばれてくる。

「乾杯！」

と、叫んで、やっと、主導権を手に入れた気分になる。

「君に会いたくて、修善寺に来たんだ」

と、いい、

「君が、この店に入ったのは、偶然？」

「通りかかったら、ペギー・リーが聞こえたの。とたんに、管野さんのことを思い出して。まさか本人がいるとは思わなかったけど、どん

な人がリクエストしたのかと入ってみたら、びっくりした」

と、笑う。

「すぐ、起こしてくれればよかったのに」

「丸くなって眠っているのが、とても可愛《かわい》かったから、しばらく眺《なが》めていたの。ほっぺにキスしたの覚えていないでしょう」

もう一度、乾杯してから、二人はその店を出た。

6

旅館お多福に入って、明かりをつける。

人の気配はない。それ以上に、管野が、気になったのは、椅子《いす》や、タンスに、白布がかぶせてあることだった。

「臨時休業とあったけど、本当は、廃業するんじゃないの」

と、管野が、きいた。

「大丈夫。だから、そんな話は止《や》めて。それより、今夜は、私の部屋に、ご招待するわ。お姫様の部屋」

三階の離れに、連れていかれた。

確かに、お姫様の部屋だった。派手で可愛らしい。

部屋に入ると、彼女は、急に黙ってしまった。

まるで、怒ったような顔で、じっと、管野を見つめている。

管野は、彼女を最初に抱いた時のことを思い出した。

あの時は、逆に、やたらに冗舌《じようぜつ》だった。まるで、黙ってしまったら、眼の前の管野が消えてしまうかのように、意味のない言葉を喋っていた。

今日は、逆に、何かいったら、管野がいなくなってしまうみたいに、じっと、黙っている。黙って、上眼《うわめ》づかいに、管野を見つめている。

管野も、黙って、手を伸ばした。ふいに、彼女の身体が、管野の腕の中に、倒れてきた。その重さと、気持ちを、全身で受け止めた。

久しぶりに、本当の女を抱いたと思った。

7

管野の腕の中で、安心したように笑っている。

「探したのよ」

と、笑いながらいう。

「もう一度、会いたくて探したのに、会えなかった。私から逃げたの？」

「おれも会いたかったけど、動けなくてね」

「まるで、刑務所に入ったみたい」

「似たようなものだ」

「一緒に、うちに泊まっていた人がいたでしょう。名前、忘れちゃったけど」

「木村だ」

「あの人、テレビで見たわ」

「あいつは、偉くなったよ」

「でも、私は嫌い」

「どうして?」

「あの眼は、親しい人間を犠牲にしても平気な眼だから」

「そうか。そういう眼か」

「のどがかわいちゃった。冷蔵庫から、何か持ってくる」

彼女が、裸のまま、ふとんを抜け出して、部屋の隅《すみ》にある冷蔵庫に歩いていく。

冷蔵庫の前で、しゃがみ込む。

裸の身体が、ぬれて光っているように見える。

それを黙って見ているのが、管野は好きだ。

「コーラしかないけど、いい?」

「いいよ」

そんな他愛《たあい》のない会話が楽しい。

コーラを持って、彼女が、ふとんに、もぐり込んでくる。

「何、笑ってるの?」

「おれの若い時、コーラを飲みすぎると、あれが駄目《だめ》になると脅《おど》かされたことがある」

「バカね。大丈夫だから安心して」

そんなバカ話が、急に、まじめな話になるのは、管野の生活が、不安定なせいなのか。

「旅館を閉めたあと、どうするんだ? 思いきって、東京に出て来ないか。金なら、何とかなる」

「全部すませたら、連絡する」

「畑山という政治家は、ここ静岡だったろう。元首相の」

「そうだけど、何なの?」

「どんな人間なんだ? 信用できる男か」

「力は、あるみたい。ただ、コネで動く人間だから、コネのない人間には冷たいみたいよ」

「なるほどね」

「だから、この修善寺の旅館組合や、観光組合は、必死になって、畑山先生と、コネをつけようとしてるわ」

「君は、やらないのか?」

「私は、そういうの苦手だから。管野さんは、政治家になりたくて、あの先生にコネを持ちたいの?」

「おれは、政治に手を出して、ひどい目にあってる」

ふいに、スマホが、鳴った。

「あなたのスマホみたい」

と、彼女が、いう。

「用はないよ」

それでも、しつこく鳴り続けていた。

「大丈夫なの? 出なくても」

「君以外に、出なきゃならない奴はいないよ」

と、管野は、いった。半分は、本音だった。

翌日、彼女に見送られて、修善寺から、三島《みしま》へ出る列車に乗った。

そのまま、東京に帰ろうと思ったのだが、谷口ゆみが用意してくれたスケジュールを、無駄にするのも悪いと思って、三島から、箱根に行くことにしたのだ。

ゆみの作ったスケジュールでは、小田原《おだわら》から、登山鉄道に乗ることになっている。

そこで、三島から、新幹線で小田原に戻り、スケジュールどおりに、真っ赤な登山鉄道に乗った。シーズンなら、別名あじさい電車だ。

向かいのホームにいるのは、「はこね28号」、最新型のGSE70000形である。

窓際《まどぎわ》に腰を下ろしていると、発車間際《まぎわ》に、ゆみが乗ってきて、隣に座った。

「昨日、電話したのに、何故《なぜ》、出てくださらなかったんですか？」

と、きく。

「やっぱり、君か」

「どうして、出てくださらなかったんですか？大事なお話があるのに」

「今のおれに、大事な話なんかないよ」

「木村さんが、これからの管野さんのことを、心配されているんですよ。これからの身の振り方も、まだ、決まっていらっしゃらないし」

と、うるさい。

面倒くさいので、

「修善寺に行って、旅館のおやじでもしようかと思っている」

と、いうと、

「お多福ですか」

「知っているのか？」

「管野さんの考えることぐらい、全部、お見通しですよ」

と、ゆみは、笑う。

（おれのことを、いろいろと、調べているの

か）

と、思った。

調べられて困ることはないが、調べられたこと自体が不愉快なのだ。

「この際、いっておきたいことがある」

と、管野は、開き直って、いった。

「一つは、おれのこれからは、おれが自分で決めて、誰の世話にもならない。もう一つは、おれのことを、お節介《せつかい》にも調べる奴がいる。そいつにいっておけ。もし、見つけたら、ぶん殴ると」

「皆さん、本気で、あなたのことを心配しているんですよ。二つ目のほうは、私には、全く、思い当たりません」

と、ゆみが、いった。


登山鉄道は、小田原を出ると、箱根湯本《ゆもと》で乗り換えになって、

塔《とう》ノ沢《さわ》
大平台《おおひらだい》
宮《みや》ノ下《した》
小涌谷《こわきだに》
彫刻《ちょうこく》の森《もり》
強羅《ごうら》

という、駅が続く。

箱根湯本から終点の強羅まで、四、五〇分である。そこまで、一緒についてくると思っていたのだが、ゆみは、宮ノ下で、降りてしまった。

その時に、新しいスケジュール表を渡していった。

「このとおりに動いてください。それから、強羅には、NE商会の別荘があります。現在、使用してなくて、管理人とお手伝いさんの三人がいます。遠慮なく、お使いくださいということです。勝手に、動かないで、こちらの指示どおりに、行動してください」

「それは、誰が命令しているんだ?」

と、きいたが、ゆみは、さっさと、降りて、姿を消してしまった。

管野は、終点の強羅で降りた。

スイスの山小屋ふうの、洒落《しゃれ》た駅舎である。

そこから、早雲山《そううんざん》までは、真新しいケーブルカーが、動いていた。

ゆみが、いっていたNE商会の別荘は、駅から歩いて、五、六分の、強羅公園の近くにあった。

管野は、地図にしたがって歩いていった。

強羅公園の中にある白雲洞茶苑《はくうんどうちゃえん》は、近代の茶人三人の所有だったことで有名である。

管野は、茶道《さどう》には興味がないので、公園の傍を通って、別荘に向かった。

こちらは、最近建てた白亜《はくあ》の別荘である。何故、使われないのか不思議《ふしぎ》だったが、NE商会が、倒産しそうだという噂《うわさ》があるから、所有主が、はっきりしないのかもしれない。

ゆみが、いったように、中年の管理人がいて、

「話は、聞いています」

と、笑顔で、招《しょう》じ入れた。

「バブルの頃に、儲《もう》かっていたＮＥ商会が、二〇億円で建てたんですが、さらにその親会社が倒産してしまったので、この別荘も売りに出しています」

「ＮＥ商会の社長の別荘だったんですか？」

「そうです」

「二〇億で造ったというと、今は、いくらで売りに出しているんですか？」

「十分の一の二億円でも、なかなか売れません」

と、管理人が、笑う。

「今は、誰の所有に、なっているんですか？」

「Ｈ不動産です。いっこうに売れないので、必要とする会社や個人に、一カ月単位で、貸しています」

「今は？」

「ある政治家の方が、必要があって、借りていますが、その方のお名前は、申しあげられません」

と、いう。

「畑山元総理じゃないの？」

と、いうと、管理人は、黙ってしまった。

逆に、管野が、笑って、

「おれは、そんなことには、関心がないんだ。やたらに、ぜいたくなこの別荘を、二、三日、自由に使わせてもらえば、いいんだ」

と、いった。

バブルの頃に、二〇億円かけて建てたというだけに、やたらにぜいたくな造りである。

温泉も二つあって、一つは、屋上の露天風呂で、もう一つは、地下の岩風呂だった。

庭には、小さいゴルフコースが作られている。

茶室もあって、中に入ると、畑山元総理の書がかかっていた。現在は、畑山の別荘ということに、なっているのだろう。

「車も、用意されていますから、自由にお使いください。車の所有主も、一応、H不動産になっています」

と、管理人は、いった。

大きな車庫には、年式の古いロールス・ロイスが、納まっていた。が、車庫の隅には、中型のトラックが入っていた。

「このトラックは？」

と、きくと、管理人は、

「この別荘の雑用に使っています。どちらも、運転手は、臨時雇《やと》いで派遣してもらうので、私は、名前は、いちいち知りません」

と、いった。

お手伝いさんの二人は、近くに住む主婦のアルバイトで、今日も、夕食と、洋酒《ワイン》の用意をして、帰っていった。

管野は、中庭の見える洋室で、ワインを飲みながら、管理人と、話をした。

「畑山さんは、こんな別荘を一カ月間、借りて、何に使っているんだろうね？」

「私は、畑山さんの名前は出しておりませんが」

「いいんだ。おれが、勝手に出してるんだから。さっき、車庫を見たら、トラックが入っていた。左正面が潰れていた。最近、人身事故を起こしたんじゃないの？」

と、管野が、きいた。

第二章　回廊が閉じる時

1

出資法違反で、二年半もの刑務所入りは、めったにない。

大金が動くこともあるから、罰金刑はあるが、禁固刑でも、せいぜい、執行猶予《ゆうよ》がつく。

それが、管野が二年半もの実刑を食らったのは、三人もの人間が、自殺したからだろう。検察はその原因を作った管野を、どうしても許せなかったのだ。

社会正義というやつか。

それとも、特捜検事の良心というやつか。

いずれにしろ、管野には、いい迷惑だった。てっきり、罰金刑か、執行猶予で、すむと思っていたからだ。

三年前、管野は、友人の木村更三と、静岡県出身の政治家、高橋康正《たかはしやすまさ》の応援をしていた。

その時、高橋は、政権の中枢にいる国務大臣。ただ、金に困っていた。それに、スキャンダル。それも、金がからんだスキャンダルだ。

木村更三は、この高橋と親しかった。というより、高橋の秘書の一人だった。

もし、高橋康正が、金とスキャンダルの泥沼から抜け出せれば、彼は、一躍《いちやく》、首相候補に躍《おど》り出る。そして、秘書の木村は、側近として、政界の一員になれるだろう。

管野は、たまたま、この時、亡くなった父親の遺産を手に入れていた。そして、T銀行の静岡支店長に出世していた。

親友の木村は、静岡にやってきた管野に、助けを求めた。

管野が、手に入れた父親の遺産は、約五億円。

「何とか、君の助けで、高橋先生が、借金とスキャンダルから抜け出せたら、君に、お礼として、一千万円を提供する」

と、木村は、約束した。

管野は、さほど一千万円に魅力は感じなかった。父の遺産五億円を手に入れたばかりだったからであろう。

ただ、政治には興味があった。

金とスキャンダルで気息奄々《えんえん》の高橋国務大臣が、もし、復活したら、どうなるのだろうか。

その姿を見たいという気持ちだった。

管野は、父の遺産五億円と、T銀行静岡支店長の肩書を、最大限に利用することに決めた。

高橋康正の最大のバックは、同じ静岡県静岡市に本社のある太平洋《たいへいよう》商事だった。

高橋の不調と同時に、太平洋商事の株価もみるみる下がっていった。五〇〇円が、平均みたいなものだったのに、一八〇円になっていたのだ。

管野と木村は、まず、太平洋商事の株価を上げることに全力をつくすことにした。

そのことで、高橋康正の低下した名声が、浮上すると考えたのである。

政治は、金である。これは、日本の政治の昔からの鉄則だった。

保守も革新もない。金がなければ、人は集まってこない。派閥が作れないのだ。日本の政治では、派閥の長にならなければ、政治を牛耳《ぎゅうじ》れない。

高橋康正が、大臣になれたのは、金があった派閥に所属していたからであり、もっと、はっきりいえば、彼の最大の後援者、太平洋商事が儲《もう》かっていて、必要な政治献金ができたからだった。

もちろん、高橋康正のほうも、太平洋商事のために、さまざまな便宜《べんぎ》を図《はか》ってきた。それが、上手《うま》くいっている時はいいのだが、高橋康正が、政治スキャンダルに巻き込まれると、太平洋商事も信用を失って、株価が、五〇〇〇円から、あっという間に、一八〇〇円に急降下した。

簡単にいえば、太平洋商事の財産が、半分以下になったということである。

さらにいえば、この時、内閣改造があった。と、いっても、改造自体は、翌年の一月の話だった。

財務省など、四省庁で、大臣の首のすげ替えが予想されたが、高橋康正は続投と、いわれていた。

そんな時に、起きたのが、政治スキャンダルだったのだ。

その二年前の、総選挙の時、太平洋商事が高橋康正に、一千万円の政治献金をしていたのだが、その記載を忘れていたのである。

何故《なぜ》、二年後、それも、内閣改造を翌年に控えた時点で発覚したのか。与党内の裏切りではないかという疑いがあったが、それを証明するような事態になった。

次期内閣で、高橋康正の座は安泰だといわれていたのが、突然、ライバルが出現したのである。

柴崎明《しばさきあきら》。四二歳。

三代続く、保守党の重鎮《じゅうちん》というサラブレッドである。その線から洩《も》れたのではないか。

しかも、高橋康正と同じように、S銀行という大きなバックがついていた。

S銀行も、T銀行と、同じく、大手の地方銀行である。このことから、高橋康正対柴崎明の競合を、T銀行とS銀行との対立のように、マスコミが扱った。

そんな時に、管野は父の遺産と、T銀行静岡支店長の肩書を持って、友人の木村を助けるために、静岡県内を動き廻ることになる。

2

その日の夕食を共にしながら、木村が、管野に、いった。

「今、T銀行とS銀行は、全国の地方銀行の中で、三、四位を争っている。世論は、この争いを高橋康正と、ライバルの柴崎明の争いの延長みたいに見ている。これって、単なるレースの類似とはいえないんだ。私が、調べてみると、総理の側近なんかは、後援者の銀行の勢いの良さは、即、高橋康正と、柴崎明の勢いの良さと、見ているんだ」

「しかし、今のところ、T銀行のほうが、株価が安くなって、不利だろう。それに銀行の利息は、現在ゼロに近いから、利息競争で預金を増やすのも難しい」

「だから、プロの君に、T銀行が大きくなる方法を考えてもらいたいんだよ。それも、来年の一月までに、だ。それに、太平洋商事の建て直しもだ」

と、木村が無茶なことをいう。

「難しいぞ。それに、俺が、支店長でも、勝手な融資《ゆうし》はできない」

「何とかしてくれ。上手くやれば、君だって、金儲けができる」

と、木村は、食い下がった。

「一つだけ方法はあるが、リスクのある金集めの方法だ」

と、管野は、いった。

「法に触《ふ》れるのか？」

「いや、銀行に許されるようになった金集めの方法だが、リスクのあることを前もって、はっきり説明しなければならない。それを承知で、金を預かるわけだから、誘い方が難しい」

「株か？　確か、銀行でも、株が扱えるようになったんだろう？」

「株は、はね上がったって、株を買った客が儲かるだけで、こっちは、さして儲からない」

「じらさないで、教えてくれよ」

と、木村が、いった。

「君も知ってるだろうが、今、銀行に代わって、新しい企業、いわゆるベンチャービジネスに、その将来を見越して融資をするファンドがある。アメリカなんかは、この事業が盛んで、たくさんのファンドが存在するが、日本人は、慎重だから、ファンドが、あまり育たない。そこで、銀行が、ファンドを育てる手がある。私も、前の浜松《はままつ》支店で、浜松ファンドを育てたことがある」

「どのくらい、金が集まるんだ？」

「今いった浜松ファンドは、二〇〇億円のファンドが生まれた」

「それを使って、ベンチャービジネスに融資をするわけか」

「そうだよ。融資先を決めるのは、株の専門家に委《まか》せてもいい。出資者の合議《ごうぎ》制でもいい。ただ、金を集めるのは大変だし、何よりもリスクがあることを考える必要がある。融資した企業が赤字を出して倒産したら、ファンドに出資している全員が、潰《つぶ》れるからね。ただ、成功する場合もある。そこが面白い」

「ここは、静岡市だから、静岡ファンドか」

「成功したら、まず、どこに融資するんだ？」

「何といっても太平洋商事だ。今の状況では、銀行の融資は期待できないから、ファンドに期待だな」

「だが、ファンドは金が集まっても、太平洋商事への融資は、難しいぞ。出資者がオーケイしなければ、融資はできないよ」

「そこは、経験のある君に委せる。太平洋商事が立ち直ってくれないと、高橋先生の総理の目もなくなるからな」

と、木村が、管野の肩を、何回も叩《たた》いた。

「他には、どこに融資したい？」

「高橋企画だ。社長は高橋ゆう。高橋先生の奥さんだ。社員は今は一五人」

「まともなベンチャー企業とは思えないな」

「将来、総理になる可能性のある人の奥さんだよ。将来性は、充分だろう」

「それは、君の身びいきというものだよ。とにかく静岡ファンドを、いかに宣伝で信用をつくり、出資者を集めるか、だ」

「一〇〇億円ぐらい集まりそうかな？」

「最低、そのくらいの金が集まらないと、どうしようもない」

と、管野は、いった。

「どうやれば、一〇〇億円も集まるんだ？」

「地道な宣伝と、ハッタリだ」

「地道な宣伝というのは、わかるが、ハッタリは、どんなことをするんだ」

「幸い、おれは、T銀行静岡支店長だから、支店内に、静岡ファンドの事務所を立ちあげる。T銀行の信用を利用するんだ。出資しても大丈夫だと思わせる」

「そこまではわかるが、それでは、なかなか大きな出資者はついてこないだろう」

と、木村。

「いくら持ってる？」

「え？」

「君だって、おれと組んで金儲けがしたいんだろう？」

「金儲けと、政治家としての成功だ」

「それなら、持っている金を全部吐き出せ」

「君も、金を出してくれるんだろう」

「約束だからな。明日、Ｔ銀行の支店長室に来い。おれの覚悟のほどを見せてやる」

と、管野がいい、木村に向かって、

「君はいくら出せるんだ？」

「五〇〇万円。これ以上は無理だ」

「よし、それをピンピンの一万円札にして、明日Ｔ銀行の支店長室に持って来てくれ。静岡ファンド・コーナーを作っておくから」

「君は、いくら出してくれるんだ？」

「五億円だ」

「遺産全部か」

「一〇〇億円ファンドが目標だからな。その夕ネにするんだ」

と、管野は、ニッコリした。

3

翌日、木村が、五〇〇万円を、一万円のピン札にして、持っていくと、Ｔ銀行静岡支店の中に、

「静岡ファンド・コーナー」

の看板が出ていた。

客と行員の相談室の一つを改造したものだっ

た。

八畳の広さだが、テーブルと棚があるだけの部屋である。

木村が、一万円札五〇〇枚をダンボールで持っていくと、管野が、それを、ひょいと棚の上にのせてしまった。

「君の分は？」

と、木村が、きいた。

「今、運んでくる」

と、管野が、いった。

やがて、行員が、大きなダンボールを運んできた。

開けると、新ピンの一万円札の巨大なかたまりが現われた。

「一つ一億円。重量、約一〇キロだ」

と、管野が、いった。どこか面白がっていた。

行員が、続けて、四つのダンボールを部屋に運んできた。

「合計五〇キロ、五億だ」

と、管野が笑った。

「これをどうするんだ？」

「静岡ファンドの出陣式をやる。ファンドとは何かを見に来た時の見せ金だよ。このくらい儲かるという、錯覚を持たせたいんだ」

「フタも、カギもついていないな。盗まれたら、どうするんだ？」

木村が、心配してきくと、管野は笑って、

「一〇〇億円ファンドの船出だよ。五億円全部が盗まれたって、一〇〇億円の二〇分の一じゃないか。とにかく、ファンドは、儲かりそうだと思わせなければ、駄目《だめ》なんだ」

「とにかく驚かせろ」を合言葉に管野は、まず、近くのホテルの宴会場を借り切り、五〇〇万円を投じて、「静岡ファンド」の宣伝を行なった。

会場の真ん中のテーブルには、一億円のかたまりを、五つ並べた。

高級酒、ドンペリを一〇〇本買って、テーブルの上に並べ、飲み放題にした。

集まった人たちの関心は、一つしかないと、わかっていた。

「ファンドは、儲かるのか?」

で、ある。

その質問に対して、管野は、一千万円の現金を会場にばらまいて、応《こた》えた。

下品は、承知の上だった。

金儲けは下品なものであると、管野は、思っているのだ。

五億円は、みるみる減っていった。が、ファンドというのは、儲かるものらしいという噂《うわさ》も立ち始めた。

それが当たって、「静岡ファンド」は、予定の一〇〇億円に達すると、今度は、そろそろ締め切るという噂を流した。

そうすると、今まで、少額の出資が多かったのに、急に、大きな出資が、増えていった。

高額の出資者は、様子を見ていたのだ。

予定の一〇〇億円を、あっという間にオーバーして、管野と木村は、二〇〇億円ファンドに変えた。

この結果に、管野自身が、驚いた。東京に比《くら》べれば、静岡は、はるかに人口も少ないし、企業も少ない。

それにも拘《かか》わらず、一〇〇億円の静岡ファンドが、あっという間に、出資金で、いっぱいになってしまったのである。

皮肉屋の木村は、少し酔っ払って、叫んだ。

「どいつもこいつも、何かというと、金がない、生活が苦しいから、政府は、何とかしてくれと文句ばかり、いってるんだ。ところが、本当は、がっちり金を貯めていたんだ。その証拠に、知り合いに町工場のおやじがいてさ。いつも、大企業の下請《したう》けで、いじめられて、ヒイヒイいわされてるって、会えば文句をいってたんだ。そのおやじがさ、今度の静岡ファンドに、二億円出したんだよ。おれは、人間が信じられなくなった」

「いいじゃないか。日本人は、みんな金持ってるとわかったんだから。静岡ファンド万歳《ばんざい》だよ」

このころ、管野も、少しばかり、いい気になっていた。

一〇〇億円ファンドを、倍の二〇〇億円ファンドにしたが、それも、たちまち、出資者があふれてしまったのだ。

後押しをしてくれたT銀行も、その成功にほっとして、ファンドの運営を管野と木村に委せてくれた。

正確にいえば、二人の背後にいる高橋国務大臣や、保守党の大物にである。

　こうなると、最初は、太平洋商事への静岡ファンドからの融資は難しいと思っていたのだが、ファンドの会員たちも、気が大きくなって、融資先は、委せるといってくれたので、太平洋商事への融資が可能になった。

　三年前は、まだ、コロナさわぎもなかったし、経済も一応、上向きだった。それも幸いした。

　一番は、何といっても、静岡ファンドに対する静岡県人たちの信頼だろう。いや、もっと、正直にいえば、このファンドに金を預ければ、必ず、儲かるだろうという助平《すけべ》根性である。

　こうなると、すべてうまくいくもので、静岡ファンドから多額の融資を受けた太平洋商事は、たちまち、立ち直った。

　一八〇円まで下がっていた株価も、あっという間に五〇〇〇円に戻った。

4

　管野たちも、高橋大臣たちも、歓声をあげた。

　一時の成功を、自分たちの計画が正しかったと、錯覚してしまったのだ。

　管野は、面白がっていた。が、政治生命のかかっていた高橋康正たちは、この勢いで、翌年一月の内閣改造を、有利に運ぶことを考えた。

　それは、危険な融資である。

　高橋大臣の夫人が、やっているベンチャー企業への融資だからだ。

社員わずか一五人、高橋夫人が、趣味で始めた企業である。

しかし、ファンドへの出資者たちに反対者はいなかった。

高橋大臣の秘書の木村は、もちろん賛成だったし、管野は、無責任に面白がっていた。

こんなベンチャー企業が、うまくいくはずがないのである。

案《あん》の定《じょう》、失敗した。

赤字のたれ流しである。早めに融資を打ち切ればよかったのだが、太平洋商事の成功があったので、融資を続けた。

管野は無責任だったし、高橋大臣や、木村には面子《メンツ》があった。

もっとも悪かったのは、最初の成功に、舞い上がった静岡ファンドへの出資者が、失敗を、一時的なものと見て、出資を続けたことである。

こうなると、二〇〇億円ファンドも、たちまち赤字に転落し、それでも、木村たちは、必死で、新しいファンドを作り、出資を求めて、歩き廻《まわ》った。

T銀行は、いち早く、静岡ファンドとの関係を打ち切ると発表した。

静岡ファンドは、破産した。

あとは、何人の犠牲者が出るかである。

ただ、静岡ファンドは、完全な失敗ではなかった。

ともかく、太平洋商事は、融資によって、復活させた。静岡ファンドが破産したあとも、五〇〇円の株価は、維持されている。ということは、高橋大臣は、奥さんの件では失敗したが、自分の地位を固めることには、成功したのだ。

管野は、全財産を失ったが、一千万円の慰労金は、受け取ることができた。

そのため、管野は、さほど、ショックは受けず、面白い経験をしたぐらいに考えていたのだが、突然、逮捕されてしまった。

容疑は、出資法違反である。

確かに、静岡ファンドが成功すると、さらなる成功を求めて、高橋大臣の政治活動組織「タカハシ・ムーブ」に、多額の金を提供していた。

それでも、弁護士の話では、罰金ですむだろうし、重くても執行猶予がつくだろうということだった。

これまでの判例を見ると、経済犯で、刑務所入りはほとんどなかったというのである。そのため、管野は安心していたのだが、実刑をくらってしまった。

理由は、静岡ファンドの倒産で、高額の出資者三人が自殺してしまったからだ。中の一人は、一家心中であり、他の一人は、夫婦心中だった。三人とも、「管野に欺《だま》された。口車にのせられた」と、遺書に書いていた。

その事態に、検事が怒り、管野を絶対に刑務所に入れてやろうと、決断したのだろう。

5

管野を擁護《ようご》する声は、全くなかった。

管野や、木村たちの、静岡ファンド事業を追いかけていたマスコミは、いかに、二人が、ファンドというものに知識がなく、経験もなく、偶然の成功に有頂天《うちょうてん》になり、失敗につなげたか、犠牲者を出したかと、報道した。

「管野は、自殺者が出ても、面白がっていた」

と書いた新聞もあった。

確かに、管野は面白がっていた。が、それは、静岡ファンドが、うまくいっていた時である。

赤字になってからは、必死だったのだ。しかし、今さら、弁明しても、仕方がないと思った。管野のために、自殺者が出ているのは、事実だったからだ。

刑務所に入ってすぐ、手紙をもらったことがあった。

署名のない手紙だった。

「アンタはバカだ。

悪い奴は、全員だ。

他の連中は、アンタをイケニエにしてさっさと、逃げ出したんだ。

いいカゲンに目をサマせ

バカ」

カタカナまじりの乱暴な手紙である。

管野は、破いて、トイレで流してしまった。

その後、罵倒《ばとう》する手紙は、何通か来た。

調子は、ほとんど同じだ。

お前が死ねばよかった、さっさと死ねといったものである。

放っておくと、そのうちに、来なくなった。

静岡ファンドの宣伝に、静岡県内を走り廻っていた時に知り合った人たちからの手紙もあった。

だが、管野は、そのどれにも、返事を書かなかった。

伊豆修善寺の旅館お多福の多恵に対しても、連絡はしなかった。

自分が意識している以上に、疲れきっていたのだ。


管野は、奇妙な正義感を持っていた。

大学時代、ケンカが強かった。ある日、力を持て余して、盛り場に、ケンカを売りに出かけたことがある。

カフェで、コーヒーを飲みながら、店の中を見廻し、強そうな男をじっと見つめるのだ。相手が眼をそらすこともあるが、からんでくる時もある。そんな時は、店の外でケンカである。

大股《おおまた》開きで足を広げて座っている男がいる。足が邪魔な時は、わざとその足を踏みつける。ケンカになる。バカである。

ある時、相手を探していたら、中年の男に声をかけられた。近くでボクシングジムを経営している元日本フェザー級のチャンピオンで、お前には、ボクサーの素質があるから、正式にやれと、半《なか》ば、強制的にジムに連れて行かれた。

その後、六回戦ボーイになったが、自分はプロには向かないと判断して、やめてしまった。

好奇心が強いが、あきっぽいと自分で判断したのだ。

ファンドの件は、めずらしく、夢中でやったので、精神的に疲れてしまったのだ。

(二年六カ月は、身体《からだ》より精神の休息だ)

と、勝手に決めて、管野は、誰も恨《うら》まず、刑務所生活を、楽しむことにした。

高橋大臣は、持病の心臓病が悪化したとして入院した。高橋夫人は、南米諸国との親善旅行に出発した。

木村も、管野と同時に逮捕されたが、遺族の告発に名前がなかったせいか、不起訴になった。

逮捕される寸前、木村は、管野に頭を下げて、いった。

「こんな虫のいいことはいえないのだが、君は独身だが、私には家族がいる。何とか今回の件で、計画を立てたり、実行したのは、君一人だということにしてくれ。まあ事実、君は、五億円出した主役でもあるからね。その代わり、君の名義で、N銀行に一千万円預金しておくよ。それに、私はまだ、高橋先生の秘書だから、君の減刑のために全力をつくす。それは、約束するよ。申しわけない」

「いいよ」

と、管野が、あっさりOKしたのは、こんな事件で、実刑になることは少なく、執行猶予つきが多いと、聞いていたからである。

しかし、現実は、そんなに甘くはなかった。

木村は、不起訴になったが、管野のほうは、そうはいかなかった。

自殺した三人のうちの一人は、遺族によれば、管野を名指しで、

「管野という男の口車にのせられ、一〇億円を越す財産を失い、恨みを抱《いだ》いたまま、自殺します」

と、いう遺言を残して自殺し、二人目は、中小企業の社長で、妻と心中した。

三人目は、静岡で評判のパン屋の一家だった。

商売自体が傾いていたので、主人は、二〇〇億円ファンドの話を聞き、賭《か》けたという。

全てを金に換《か》え、二〇億円を作り、半額の一〇億円で、ファンドに参加しただけでなく、あとの一〇億円を、高橋康正の政治団体に寄付した。

その全てを失って、一家三人が自殺するという、心中事件になった。

パン屋の主人が書いた遺言にも、管野の名前が出ていたという。

「政治のからくりにうとい自分は、管野慎一郎に欺されて、全てを失い、死ぬより仕方がなくなった。恨みを抱いて、死んでいくが、何とぞ、管野慎一郎という男を、法によって裁いていただきたい」

三人とも、遺言を残し、その遺言には、管野

慎一郎に欺されて、死ぬと書かれていたというのである。

検察も、それを無視するわけにはいかなかったのだろう。

管野と、木村は、同じ出資法違反で、逮捕されたのだが、管野は、特に刑事責任を重く問われて、二年六カ月、刑務所に放り込まれたのである。

6

管野は、都内のMホテルで目を覚《さ》ました。

現在、無職である。

当然収入はない。

経堂のマンションは引き払った。

このホテルは、シングルで一泊一万円。食事代も必要だが、木村から、約束の一千万円をもらっているから、しばらくは、金には、困らないだろう。

府中刑務所から出所したあと、管野は、伊豆箱根をゆっくり、廻ってみた。

三年前の二〇〇億円ファンドのケースでは、友人木村の頼みで、国務大臣高橋康正のためのファンドとして動き廻った。

高橋が静岡出身なので、主として、県内を走り廻り、県内でファンドの出資者をつのったのだ。

何回、静岡県内を、廻ったか。

自分で車を運転してのこともあれば、列車を利用したこともある。

けっこう、楽しかった。

そして、何人もの人間と会った。

伊豆修善寺の旅館お多福の若女将《わかおかみ》の多恵と親しくなったのも、その時だった。

二年六カ月の刑務所暮らしは、辛《つら》い時もあったが、誰を恨む気もなかった。

彼の話に乗って、大金を作り、二〇〇億円ファンドに参加して、失敗し、全財産を失って、三人の出資者とその家族が亡くなった。

したがって、刑務所入りも、仕方がないと思っていたからである。

ただ、彼が二年六カ月暗い所で過ごしている間に、世間は、大きく様変わりしていた。

第一は、政界だった。総理は、持病が悪化して、退陣し、副総理だった中川《なかがわ》財務大臣に替わっていた。

高橋康正は、無任所の国務大臣になっていた。これは、栄転なのか、格下げなのか、わからない。

友人の木村は、静岡県議会の選挙に出ることに、なっていた。たぶん、尊敬する高橋康正と同じように、県会議員から、国会議員の道を狙《ねら》っているのだろう。

第二は、何といっても、コロナである。

もちろん、刑務所内でも、コロナさわぎのことは、ニュースで、知っていた。

しかし、刑務所の中は、単調で、マスクをかけたりはしているが、変化はそれだけである。

実際の町は、コロナで、完全に変わってしまったように見える。

縄張りを見て廻るように、伊豆、修善寺、県境を越えた箱根と、旅行してみたのだが、列車内は、コロナで空《す》いていて、バラバラに座り、マスクをつけ、会話もせず、列車を乗り降りしている。

嬉《うれ》しかったのは、旅館お多福の多恵が変わらぬ態度で、彼を迎えてくれたことだった。

ショックもあった。

列車内で、自分を監視しているような若い男のことだった。

正直、二年六カ月の刑務所暮らしはあったが、出所した時、誰も恨んではいなかった。

三人もの自殺者が出たのだから、刑務所に入ったのも、仕方がないと思っていた。

それだけに、出所一週間で、自分が、誰かに監視されているらしいことにショックを受けたのだ。

いくら考えても、ただの偶然とは思えなかった。

管野が、刑務所暮らしで、人相が悪くなっていたからといって、ケンカ好きの若者にいわゆるガンをつけられたとは思えない。

断定はできないが、あの男はこちらを最初から、管野慎一郎と知っていたような気がするのだ。

あの男自身の、何か理由があって、管野を監視していたとは考えにくい。こちらは、あの男に記憶がなかったからだ。

急に、管野のスマホが鳴った。

「伊豆清風荘の女将です」

と、女の声がいう。

自分を監視していた、その田中という男のスマホを預かってもらっていたことを思い出した。

「ああ、お預けしたのは、実はスマホでした」

「金庫に入れておいたんですが、時々、鳴るんですよ」

「誰かが、掛けているんだ」

「調べてみたら、GPS機能がついているみたいです。今朝、私のスマホを、そちらが預かっていたら、取りに行きたいという電話がありました。男の声で。たぶん、スマホの持ち主だと思います。落としたのを、管野さんが拾って、私に預けたんじゃないですか」

「名前をきいてから、渡してください」

「そうします」

「ところで、私のスマホのナンバーが、よくわかりましたね。買ったばかりなんですが」

「わからないので、預かったスマホの電話帳をあけてみたんです。そうしたら、一人だけ、管野さんの名前がのってました。電話番号も。だから、こうして、電話してるんです」

「のっていたのは、本当に私だけですか？」

「はい。取りに来たら、渡してしまって、いいんですね？」

「かまいません。もともと、私のスマホじゃありませんから」

と、管野はいって、電話を切った。

（思ったとおりだ）

と、思った。

現在、管野が持っているスマホは、出所したあと、谷口ゆみが用意してくれていたものだった。

したがって、ナンバーを知っている人間は今のところ、谷口ゆみと、友人の木村だけのはずなのである。

それなのに、初めて会った田中良という男のスマホには、管野のスマホのナンバーが、のっていたという。

しかも、管野だけだというのだ。

考えられることは、一つある。誰かが、田中良に、出所した管野の監視を頼んだが、田中良は、管野のことを知らなかった。最初のうちは、写真を見せ、履歴書を見せる機会がなかったから、一番簡単で、間違いのない方法として、管野のスマホのナンバーを教えた。

そのナンバーを押せば、管野という男の声が聞けるし、うまく欺せば、誘い出すこともできるからだ。

(相手の顔は、見えないが、根深いことのように思える)

と、管野は、思った。

もう一つ、管野が、考えたことがあった。それは時期の問題だった。

管野が、刑務所に入っていた二年六カ月の間、罵倒の手紙はもらったが、脅迫めいた手紙を、受け取ったことはなかった。

それなのに、出所してすぐの旅行、静岡県内の旅行に限ってだったのに、最初の旅行に、監視がついたのである。

ただ、あの田中良という男は、管野から見て、監視のプロとは、とても思えなかった。簡単に、見破られ、その上、管野に、あっさり、スマホを奪われてしまっているからだ。

ということは、ただ単に、管野の尾行だけを、頼まれていたのかもしれない。

管野が、どこに行き、誰と会うのか、それを調べて、報告するだけの役である。

（昨日まで、どこに行き、誰に会ったか）

管野は、思い出してみた。

二年半ぶりに、いわゆるシャバの空気を吸いたくて、旅行に出たのである。

旅行のルートは、谷口ゆみと、相談して決めた。

静岡県内といったのは、三年前のファンドで走り廻っていた時、主として、静岡県内を動いていたからだった。

ただ、途中から、修善寺に寄ったが、そのことは、谷口ゆみには、話していなかった。

しかし、それ以外は、彼女が用意したとおりのルートを廻って、帰ったから、谷口ゆみが、田中良を雇《やと》ったとは、思えない。

管野は、スマホの画面に、旅行したルートを描いていった。

○ルート

「踊り子五号」→伊豆下田→西伊豆

→堂ヶ島→修善寺→熱海

→小田原→箱根登山鉄道→強羅

→東京

○出会った主な人物
田中良　ＪＲ特急「踊り子五号」車内
清風荘の女将　伊豆下田
多恵　修善寺の旅館お多福
谷口ゆみ　箱根登山鉄道車内

管野は、四五歳になるが、出所した時、父の遺《のこ》した遺産はゼロになり、居場所も、保証人もなかった。友人の木村は、二年半の間に、偉くなって、現在、コロナ対策大臣の秘書になっていて、忙しいらしいので、木村と、弁護士事務所が派遣した、谷口ゆみの指示に従っている。

今回のルートは、谷口ゆみがすすめてくれたものだが、管野は、それ以外に、自分の好きな町にも行き、好きな女にも会っている。

これは、自分で納得してだから、いいのだが、問題は、谷口ゆみが、紹介してくれた強羅のＮＥ商会の別荘である。

現在、元総理の畑山信《しん》が、長期で借りているらしい。その上、管理人は、管野から、宿泊代を取らなかった。

また、清風荘の女将から、畑山元総理に、今後について、相談してみたらどうかといわれた。

あの女将が、どうして、畑山元総理の名前を出したのかわからない。が、今、畑山に会う気はなかった。今までに、会ったこともないし、何かを頼んだこともない。

その女将、松村久美子《まつむらくみこ》から、また電話があった。

「お預かりしたスマホを取りに来るといってますが、渡していいんですね？」

と、念を押された。

「かまいません。もともと、私のものじゃありませんから」

と、管野は、答えてから、

「それで、電話してきたのは、男ですか？　それとも、女ですか？」

「女性で、スマホの持ち主の知り合いといってました。声で年頃は、わからなかったけど、彼女かもしれませんね。本人が、何故、取りに来ないんでしょうか」

と、久美子が、きく。本人の田中良が死んでいることを、告げることもないので、

「私にもわかりません」

とだけ、いった。

しかし、電話を切って数分すると、管野は、急に不安になってきた。

考えてみると、スマホの持ち主の田中良は、管野を監視していた男である。

それに、その直後に、トラックにはねられて死んでいる男である。交通事故に見せかけた殺人を疑うこともできる。

田中良を殺した人間が、スマホを受け取りに来ることだって、考えられるのだ。

あわてて、伊豆下田の清風荘旅館に電話をかけた。

だが、電話に出た仲居は、

「今、女将さんは、出かけています」

としか、いわない。

「何の用で出かけたんです？」

「ついさっき、お客さんが見えて、スマホを預かってくださったお礼といって、高価なものをいただいてしまった。うちの女将さんは、律儀《りちぎ》な人ですから、駅近くの有名なお菓子屋さんで、お菓子を買って、おみやげに持たせたいと、おっしゃって」

「スマホを取りに来たのは、女でしたか？」

「はい。五〇代の女性で、落とし主の母親といってました」

それで、久美子も、安心して、おみやげを持たせようと、相手を伊豆急下田駅近くの、銘菓店に案内して行ったのか。

「そのお店の電話番号、わかりますか？」

と管野は、きき、すぐ、その店に電話した。

「旅館清風荘の、女将さんは、来てませんか？」

と、きいた。

「いえ、お見えになっていませんが――」

と、いう。

管野は、清風荘と、伊豆急下田駅との距離を考えてみた。

歩いて、七、八分だろう。車で行くには、近すぎる。歩いて行くのにふさわしい距離だが、途中で、襲われる距離でもある。

今度は、もう一度、清風荘に電話する。

「女将さんは、まだ、帰っていませんか？」

「はい。女将さんは、今、駅近くの銘菓店に行っているはずで――」

そんなことは、承知なのだ。

管野は、こっちから電話を切って、すぐ、住居にしているMホテルを飛び出した。

玄関のところで、タクシーを拾ったが、

「マスク、お願いします」

と、運転手に、睨《にら》まれてしまった。

あわてて、ポケットからマスクを取り出して、

「東京駅」

と、大声を出した。

東京駅で、東京発一〇時〇〇分の「踊り子七号」に乗る。

伊豆急下田駅到着は、一二時四一分である。

一度生まれた不安は、いっこうに消えないどころか、大きくなっていく。

一一時に、清風荘に電話したが、女将の松村久美子は、まだ、戻って来ないという。

管野は、電話に出ている仲居に、

「すぐ、警察に、女将さんの捜索願を出してください」

と、いった。

案の定、

「どうしてですか？」

と、きく。

説明しても、簡単には、納得してもらえないと考えて、

「私は、今、特急『踊り子』に乗っていますから、午後一時までに着く。その時、説明しますが、警察には、すぐ、電話してください。誘拐の恐れがあるからです。犯人は、スマホを受け

取りに来た女。たぶん一緒に、男もいて、二人で、女将さんを誘拐したと、考えられます」

「誘拐ですかァ？」

急に、電話の向こうの仲居の声が大きくなった。

「警察には、そういってください。私が、これから行って、詳《くわ》しい説明をします」

一二時四一分、伊豆急下田駅着。

清風荘に顔を出した。が、女将の松村久美子は、消えたままだった。

旅館には、下田警察署の二人の刑事が、残っていて、たちまち、管野は、訊問の的《まと》にされてしまった。

「何故、誘拐されたと思うのか？」

訊問は、その一点に集中していた。


管野は、半分だけ真実を話すことにした。

「私は、先日、東京から旅行を楽しみに、特急『踊り子五号』で、下田にやって来ました。ところが、車内で知り合った若い男とケンカになりまして。実は、私は、二〇代の頃、ボクシングの六回戦ボーイだったことがありまして、ケンカができないのです。私の拳《こぶし》は、凶器ですから。それで、ずいぶん殴《なぐ》られましたが、我慢しました。それでも、相手が図にのってくるので、仕方なく、押さえつけ、相手のスマホを取り上げて、この清風荘に、預けてしまったのです。落ち着いて、冷静になったら、ここに、スマホを取りに来いといったんです」

「その男の名前は、わかりますか？」

「確か田中良という名前でした」

「彼が、スマホを取りに来たんですか？」

「電話して来たのは、母親だそうです。そのうちに、女将さんが、消えてしまったんです」

「念のために、あなたの話が本当かどうか、ボクシングのライセンスを見せてください」

二人の刑事が、同時に、いった。

管野は、内ポケットから、二〇代の時にもらった六回戦ボーイのライセンスを取り出して、二人の刑事に見せた。

二人の刑事は、初めて、ボクシングのライセンスを見たらしく、

「これが、ボクシングのライセンスですか？」

と、やたらに、感心してから、

「それで、試合をされたんですか？」

「新人王戦をやっています」

「戦果は、どうだったんですか？」

「準決勝で、負けました。その新人王戦だけです。ただし、『防御はゼロ、右強打は宝の持ちぐされ』といわれました」

と、管野は、初めて笑った。

「何故、ケンカ相手のスマホを取り上げて、伊豆下田の清風荘に預けたんですか？」

「その説明は、したと思いますが」

「少しばかり、珍しいケースなので、申しわけありませんが、もう一度、説明していただきたいのですよ」

「今も申し上げたように、久しぶりに、私は、伊豆に旅行したくて、特急『踊り子五号』に乗ったんですが、車内で、若い男と知り合いになりましてね。初めて会った男です。最初は、旅

の話を楽しくやっていたんですが、途中から、言い争いになりましてね。血の気《け》の多い若者で殴りかかってきました。困ったのは、プロボクサーだったので、殴り返せないんですよ。その時に、ふと、大人しくさせるには、スマホを取り上げればいいんじゃないかと思い立ったんです。それで、もし返してもらいたければ、伊豆下田の清風荘という旅館に預けておくから、反省して取りに行けと、いってやったんです。それで、大人しくなったんですが、こんなことになるとは、全く思っていませんでした」

「この旅館の女将さんに、スマホを預けたそうですね」

「そうです。何回かこの旅館には泊まりに来ていて、女将さんを信用していましたから」

「警察に預けることは、全く考えなかったんですか？」

と、刑事の一人が、きく。

「しかし、ケンカですからね。そんなことで、警察のご厄介《やっかい》になりたくなかったんです」

刑事も、粘《ねば》っこいが、菅野も、辛抱《しんぼう》強く、嘘《うそ》半分の答えをしていった。

「あなたは、そのスマホを見ているわけですね」

もう一人の刑事が、きく。

「もちろん、見ています」

「では、相手が、田中良という名前だということは、わかっていましたね」

「もちろん。スマホを見れば、わかります。ただし、生まれて初めて会った男ですから、ああ、田中という名前なのかと思っただけで、それ以上の感情はわきませんよ」

と、管野が、いった。

二人の刑事は顔を見合わせてから、一人が、

「実は、田中良は、あなたがスマホを取り上げた日の夜、交通事故で亡くなっているのです。ご存じですか？」

と、きく。

もちろん、知っていた。が、知らないふりで、

「本当ですか？」

と、驚いて見せたが、刑事が信用してくれたかどうかは、わからない。

「とにかく、一刻も早く、女将の松村久美子さんを、探してください」

と、管野は、いった。

この思いだけは、本心だった。

それなのに、刑事の一人は、

「失礼ですが、管野慎一郎さんを、以前、何処《どこ》かで、お見かけしているんですよ。二、三年前だったと思うんですが、その頃、何をされていましたか？」

と、きいてきた。

さすがに、管野は、むっとして、

「そのことと、女将さんを探してもらうことと、どんな関係があるんですか？　私の過去と、何の関係もないでしょう。問題の田中良は、車内でケンカしただけの関係で、女将さんとは、さらに、何の関係もないんです」

と、詰め寄った。

二人の刑事は、管野の怒りを受け止めかねた感じで、

「わかりました。全力をつくします。その結果は、どちらにお知らせしたらいいんでしょうか？　この旅館ですか、それとも、管野さんですか？」

「清風荘に決まっているでしょう。警察を呼んだのは、こちらなんだから」

最後まで、管野は、腹を立てていた。

7

清風荘のほうは、女将が見つかるまで、泊まってほしいと、いったが、管野は、

「他に行くところもあるので失礼したい。結果は、電話で知らせてください」

と、自分のスマホの番号を、あらためて教えてから、清風荘に別れをつげた。

管野には、急に行きたくなった場所が、二カ所あった。

修善寺の多恵に会いたいのと、箱根強羅の別荘に行ってみたいことの二つだった。

多恵のほうは、面白くないことが続くので、それを忘れたいために、会いたいということで、強羅の貸し別荘のほうは、自分の周囲が、何故か急に騒がしくなったからだ。

それが、あの別荘にも、変化を生んでいるのか。何の理由もなく、そんなことが気になっていた。

下田から、バスを乗りついで、修善寺に向か

った。そのバスの中で、多恵に電話してみた。ひょっとすると、と、理由のない予感を持っていたが、それが当たって、向こうのスマホに、かからない。

呼んでいるのだが、相手が、出ないのだ。

修善寺に着くと、旅館お多福に向かって、走った。

旅館お多福は、閉まっていた。それは、前回と同じだが、あの時は、まだ、所有権は、多恵にあって、カギも彼女が、持っていて、中に入れたのだが、今日は、いくら、呼んでも、返事がない。

そのうちに、ユニホーム姿の管理人が、駆け寄ってきた。

「ここは、旅館お多福ですよね」

と、管野がきくと、管理人は、

「売却されて、所有権は、移ってます」

と、固い表情で、いう。

「いつ、誰が、買ったんですか?」

「売却されたのは昨日。ただし、購入した方のお名前は、お教えできません」

と、いう。

「昨日ですか?」

「そうです」

「元の所有者の、若女将の多恵さんは、今、何処にいるかわかりませんか?」

「私には、わかりません」

「この旅館を扱った不動産業者は、わかりませんか?」

こうなれば、意地でもあり、心配でもあっ

た。

「よく知りませんが、東京に本社のある大きな不動産会社だと聞いてます」

「あなたは、その不動産会社に雇われたんじゃないんですか？」

　管野が、きくと、相手は、小さく手を振って、

「私は、警備会社から、派遣されている人間です」

　と、いった。

　管野は、修善寺駅前の不動産店に行ってみた。

　業界で、お多福のことが、噂になっていないか、きいてみようと思ったのだ。

　その店の人間が、いった。

「修善寺周辺の物件は、大半、うちで扱っているんだが、旅館お多福は、何故か、東京の不動産会社が、扱ってましたね」

「昨日、急に売れたと聞いたんですが、修善寺周辺の物件は、急に、売れ出したんですか？」

「いや、そんな話は聞いていませんよ。逆に、コロナさわぎで、売りに出される物件は多くなりましたがね」

　と、店の人間は、いう。それどころか、こんな話をする者もいた。

「実は、あの物件は、すでに売却されていて、売る物件じゃなかったというのです」

「しかし、昨日、突然売れたと、聞いたんですが」

「その辺のところが、よくわかりません。税金

対策で、二度売りをしたという噂もあります」

結局、よくわからないのだ。

管野としては、何よりも、多恵との連絡が取れなくなったことが、気がかりだった。

そこで、修善寺の役所へ行き、知り合いのツテを使って、多恵の住民票を請求してみた。

彼女の旅館お多福が、売却されてしまったのだから、新しい住所になっていると思ったからだ。

しかし、彼女の住所は、前のままだった。旅館お多福だったのである。

管野は、担当の職員に、きいてみた。

「このお多福に、行ってみたんですよ。前に何回も泊まっていたので、今日も、泊まろうと思いましてね。そうしたら、昨日、売却されたといわれて、泊まれないのです。若女将の、住民票を取ったんですが、変わっていませんでした。本当に、昨日、売却されたんでしょうか。それを知りたいんですよ」

「あの旅館は、長いこと売りに出されていたんですが、売れませんでした」

「だから、持ち主の若女将が、そのまま、住んでいたんですよ。それが、昨日、突然売れたのなら、彼女は、他に移る必要がありますが、住民票は、変更されていませんでした」

「それは、たぶん、彼女の役所への届出が遅れているだけだと思いますね」

と、窓口の職員は、よくあることですと、いった。

「しかし、肝心《かんじん》の若女将と連絡が取れません」

と、管野が、いった。

それでも、相手は、あっさりと、

「それは、私の仕事ではなく、警察の仕事ですから、そちらへ相談してください」

と、いった。

そこで、管野は、疲れ切り、強羅へ廻る気力がなくなってしまった。

電話ですますことにして、あのバブルを象徴するような豪華な別荘にかけて、もう一度、泊まれるかどうかきいてみることにした。

電話は、かかった。

あの管理人の声が出た。

「当方の貸し別荘をご利用になろうとされるお客さまに申し上げます。申しわけありませんが、貸し別荘の業務は、都合により、終了させていただくことになりました」

と、いい、黙《だま》って聞いていると、管理人の声が、また同じ言葉を繰り返した。

「――当方の貸し別荘をご利用に――」

録音なのだ。

管野は、宙を睨み、

「何なんだ。これは――」

と、呟《つぶや》いた。

彼が、二年六カ月の刑務所暮らしを終えて出所し、コロナさわぎの中、旅なれた静岡県内を、久しぶりに旅行したとたん、会った人間が、カニや、有明《ありあけ》湾のムツゴロウのように、一斉に隠れてしまったのだ。

「何なんだ。これは――」

と、管野は、もう一度、呟いた。

第三章　回廊をこじあけろ

1

　管野は、保証人の谷口ゆみの指示で、下町のビジネスホテルに移り、泊まっていたが、ある日、突然、週刊誌の記者が押しかけて来た。

　一流週刊誌というより、大衆誌である。

　昼近くまで寝ていた管野は、ベルが、しきりに鳴るので、

「うるさいぞ」

と、文句をいいながら、上半身裸で、眼の前で、入口のドアを開けたとたん、いきなり、フラッシュが、たかれた。

　反射的に、眼をつむりながらも、右の拳《こぶし》を、突き出していた。

　右ストレートである。鈍《にぶ》い感覚があって、相手の記者は、廊下に、吹き飛んだ。

　何か、ワアワア叫んでいる。

　そのまま、管野は、ドアを閉めようとして、倒れた男が、手に持ったたたんだ新聞を必死に振り廻《まわ》しているのに気づいた。

　その上、「多恵さん、多恵さん」と、叫んでいる。彼女の写真だった。

　写真は、新聞に大きくのったものだった。

「多恵がどうしたって？」

「そうですよ。管野さん、知ってるんでしょう？　修善寺の多恵さんですよ」

「知ってるが、それがどうしたんだ？」

「とにかく、部屋に入って、話したいんですがね」

三〇代の男である。

起きあがると、落としたカメラを拾いあげ、殴《なぐ》られた顎《あご》のあたりをなでながら、

「中で、話したいんですがねえ」

と、押しつけるようないい方をする。

エレベーターの方を見ると、二、三人の客が、こっちを見ている。

「しょうがない。まあ、入れや」

管野は、男を中に入れた。

ベッドに、椅子《いす》が一つついただけの狭いシングルルームである。

男は、部屋を見廻してから、一つだけの椅子に腰を下ろした。

管野は、ベッドに腰を下ろした。

「多恵が、どうしたって？」

「知らないんですか？」

「今、起きたばかりだ」

「死にましたよ」

いきなり、ぼそっと、いった。

「何だって？」

「昨夜死体で見つかったんですよ」

「嘘《うそ》つくな」

「嘘じゃない。昨夜、箱根の芦《あし》ノ湖《こ》に浮かんでたんですよ」

男は、たたんだ新聞を突き出した。

多恵の写真がのっていた今朝の新聞だった。

〈芦ノ湖に、半裸の女性死体浮かぶ〉

それが見出しだった。

写真と記事がのっていて、記事のほうに、伊豆某旅館の女将とあった。

「テレビのニュース見なかったんですか？　修善寺のお多福ですよ」

「昨夜は、酔っ払って寝た」

と、いってから、管野は、

「多恵は、どうして死んだんだ？」

「湖岸のホテルに泊まっていて、暑いので、半裸になって、湖に入って、溺死《できし》です」

「おかしいな。おれの知ってる多恵は、泳ぎは達者だぞ」

「でも、医者は、心臓麻痺《まひ》と診断して、それで、決まりだそうです」

「ひとりで、ホテルに泊まっていたのか？」

「そうなっていますが、同じホテルに、畑山敬《けい》介《すけ》が泊まっていました」

「聞いたような名前だな」

「元総理の畑山信の長男です」

「わかった。それで警察は、事故死か」

「そうです」

「マスコミは？」

「今のところ、警察の発表を、そのまま、のせています」

「あんたは、違うのか？」

「おれは、賭《か》けてるんですよ」

急に、男の声が、甲高《かんだか》くなった。

「どうしたんだ?」

「おれは、ずっと、今の週刊誌、『ケラケラウイーク』で働いていてね。三流、四流で、最近、一度でいいから世間をびっくりさせるような特ダネをつかみたいんですよ。助けてくださいよ」

「多恵の死が、特ダネなのか?」

「実は、昨日、このホテルには、有名政治家や、芸能人がたくさん泊まっていたんです。調べてみると、さっきいった元首相の長男のパーティがあったんです。この男が、もともと、スキャンダルの多い男でね。何か、今回の事件には、あやしい匂いがあるんです。それなのに、テレビも新聞も、はっきり報道しない。だから、ここは、おれの出番かなと思いましてね」

「しかし、どうして、おれんとこにやって来たんだ? おれは、二年半の刑務所暮らしを終えたばかりで信用の全くない人間だぞ」

管野が、笑うと、男もニヤッとして、

「先日、伊豆へ来てたでしょう?」

「ああ。二年半ぶりに、遊びに行ってみたんだ」

「修善寺の、お多福にいって、多恵さんと、よろしくやってたでしょう?」

「見たのか」

「窓からのぞいてました」

「ちょっと待て」

「何です?」

「久しぶりだ。二、三発殴らせろ」

管野がいうと、男は、大げさに、手を振って、

「さっきの調子で殴られたら、死にますよ。それに、写真を撮《と》ったけど、暗くて、使えなかったんだ。それで、こう考えたんですよ。管野という男は、本気で、多恵を愛している。今回の事件で、現場にいた連中は、誰かに遠慮して、事故死といってるが、あんたは、本気で、考えてくれるだろうと思ってね」

と、男は、いった。

管野が、味方するとも何ともいわないうちに、名刺を取り出して、差し出した。

久《ひさ》間《ま》征信《まさのぶ》　ケラケラウイーク記者

と、あった。

「おれは、刑務所を出たばかりで、名刺はない。信用もない」

と、管野は、いった。

「今は、そういう人間のほうが信用できますよ」

と、男、久間征信がいった。

「ビール飲むか」

「どうしようかな」

「ここの冷蔵庫には、ビールしか入ってないんだ」

管野は、部屋の冷蔵庫から、缶ビールを二本取り出して、その一本を、久間に投げた。

ビールしか入っていないというのは嘘である。逆に谷口ゆみが、ビールや酒だけ、入れて

おかなかったのだ。腹が立って、缶ビールを二ダース買ってきて、管野が自分で入れ替えたのだ。

「多恵さんとは、いつからの仲ですか？」

と、久間がきく。

「三年前だ。Ｔ銀行静岡支店長で、逮捕されるまでの間に、金集めに県内を走り廻った。その時に知り合った。だからその前も、最近の彼女のことも、全く知らないんだ」

「先日、会った時、彼女、どんなことをいってました？　殺されそうだとか、怖いとか」

「そんなことは、何も、いってなかった。ただ、畑山元総理の名前をいってたな。困ったことがあったら、畑山先生に会いに行けとか。頼りになるとも。いや、それは別の宿の女将だったか」

「それで、畑山に連絡するつもりだったんですか？」

「いや。しばらく、何をするつもりもない」

「それだけですか？」

「ただ、あんたから、多恵が、死んだと聞いて、急に、何かやりたくなった」

「そうでなければ、男じゃありません」

「あんたのために、何かやろうというんじゃないよ」

「わかってます。私も、多恵さんが、何故《なぜ》、死んだのか、理由を知りたいんです」

「真相を知って、特ダネにしたいんだろう？」

「マスコミの一人ですから、それが夢なんです」

「ちょっと待て」

「え?」

「今もいったように、おれは、二年半、多恵が、何をしていたか、どんな連中とつき合っていたか、全く知らないから、その面では、何の助けにもならないよ」

と、いってから、わざと間をおいて、

「あんたを見たところ、ケンカには、自信がなさそうだ」

「自慢じゃないが、全くありません」

「だろうな。だから、用心棒をやってやる。多恵を殺した奴を見つけるまでだ」

「ありがとうございます」

と、一度頭を下げたあとで、

「一つ、お願いがあるんですよ」

「もう、何か頼み事か。腕力以外、何もできないぞ」

「いいえ。あなたは、何もしなくていいんです」

「多恵の墓参りなんていうのは、駄目《だめ》だぞ。おれの一番嫌いなやつだからな」

「そんなことは、頼みません」

「じゃあ、なんだ?」

「来週号で、多恵さんの件を書くつもりです。しかし、何といっても、小さな真実よりも、大きな嘘がモットーですから、それらしい記事にします」

「それは、あんたの話だ。おれの知ったことじゃない」

「でも、あなたの名前を出したいんです」

「おれの何を書きたいんだ?」

「『多恵には、実は、惚《ほ》れ合っている男がいた。中年の強い男、S・S（仮名）は、彼女が本当に愛していた唯一《ゆいいつ》の愛人だと思われている。現在、多恵は事故死と思われているが、S・Sから見れば、たぶん、誰かに殺されたと考え、必死で、犯人を捜《さが》し廻るだろう』これに、例の写真を、少しぼかしてのせたいんです」

「――――」

「もちろん、駄目だといわれたら、すぐ、この話はやめます。ただ、こんな記事をのせれば、必ず犯人は出て来て、あなたのことを調べると思うんです。ですから、腹が立つかもしれませんが、やらしてくれませんか？」

「――――」

「駄目ですか？」

「いや、面白い」

「本当ですか？」

「気に入った」

「ありがとうございます。必死でやります」

「さっき、うちは、小さな真実よりも、大きな嘘といったじゃないか。それなら、おれが、多恵の男というだけじゃなくて、大物のワルに書いてくれ。若い時は、恐喝《きょうかつ》で逮捕されたぐらい書けよ。そうすれば、真犯人はびくつくだろう」

管野の言葉に、久間は、ニッコリして、

「いいんですか？」

「いいよ」

「すぐ、戻って、もう少しあなたをワルにした原稿を書きます」

と、久間はいった。

2

久間が帰り、管野はシャワーを浴びたあと、谷口ゆみに連絡した。

「これから、出かけてくる」

「事件のこと、知ったわね？」

「新聞で見たよ」

「じゃあ、注意するまでもないわね。しばらく箱根芦ノ湖のホテルには、近づかないこと。それだけ守ってください」

それだけいって、ゆみはあっさり電話を切った。


管野は、ビジネスホテルを出た。まっすぐ、東京駅に向かった。今日は、谷口ゆみの指示に最初から従う気はなかった。

三島まで出て、修善寺に向かう。

多恵の旅館お多福がどうなるのか、それが知りたかったのだ。

ＧｏＴｏトラベルに、国民のタガが一斉《いっせい》に外《はず》れてしまったのか、今日は、東京駅も、修善寺の人出も、前に戻っていた。

修善寺に着くと、まっすぐ、旅館お多福に向かった。

「あれ？」

と思ったのは、旅館お多福を囲むように、柱が立ち始めていることだった。
四、五人の作業員が、組み立てた柱に分厚い布をかけようとしている。

「この旅館どうなるんですか？」

と、声をかけると、

「駐車場にすることになりましたよ」

と、いう。

「そのあとは決まってないみたいですよ。当分、駐車場にしておくんじゃありませんか」

「確か、どこかの不動産会社が、扱う物件でしたね」

「それが、急に買われて、その持ち主が、駐車場にという意向と聞いてます」

「しかし、看板の持ち主の名前、変わってませんねえ」

「急に売れたんで、まだ、書き換えてないんですよ。なんでも、資産家の息子さんとか聞きましたが、詳《くわ》しいことはわかりません」

と、教えてくれた。

次に、管野が廻ったのは、下田の清風荘であった。

ずっと、女将の松村久美子のことを心配していたのだが、彼女が、何事もなかったように、迎えに出て来たので、ほっとすると同時に、拍《ひょう》子《し》抜けもした。

「今日は、泊まれないんだが、先日のことが気になってね」

「先日のことって？　ああ、田中さんのスマホの件ですね。ちゃんと返しておきましたよ。お母さんという人に」

「ありがとう。送っていったのに、なかなか戻って来ないと、仲居さんが、心配していたんでね」

「ごめんなさい。心配なさって、警察まで、呼んでくださったんですってねえ。おみやげを買って差し上げたら、向こうが恐縮なさって、駅前のカフェで話し込んでしまって。ごめんなさい」

「それならいいんだ」

管野は、ともかくほっとして、谷口ゆみには黙《だま》って、芦ノ湖に向かった。

久間征信との約束があるので、今日、芦ノ湖の事件について、表立って、きき廻る気はなかった。

管野は、多恵が泊まっていた「グランドホテル芦ノ湖」の近くの小さなホテルに入った。

フロントは、「管野慎一郎」という名前に、何の反応も示さなかった。

夕食は、ホテルの外にした。

湖の見えるレストランに入り、黙って食事をしながら、ひそかに、ポケットの中に忍ばせた、スマホの録音スイッチを入れた。

さすがに、新聞、テレビが取り上げた事件だけに、それにからむ、話し声が、聞こえてくる。

警察や、マスコミが、事故死の見解を出しているのだが、市民の口は塞《ふさ》げないと、いうことなのだろう。

それに、政府が、緊急事態宣言を取り下げて、ＧｏＴｏトラベルを開始したので、食事中はマスクを外して、大声で喋《しゃべ》っている客が多い。

「女性が亡くなる前日ですけどね。夜中でしたよ。彼女らしい女性が、湖岸を背の高い男と歩いているのを見てるんですよ」

「私も見ましたよ」

「警察とマスコミが、同じ意見というのも変だよ」

「死んだ女性だけど、何処《どこ》かで見たような気がするの」

「旅館の若女将だといってるけど、銀座のクラブで見たんじゃなかったかなあ」

どれもこれも、いい加減だと、管野は、思う。

食事をすませたあと、いったんホテルの部屋に入ったが、八時過ぎに、ホテルの最上階にあるナイトクラブに、飲みに出かけた。

幸い、客の姿はない。これなら、バーテンの話が聞けるだろう。六〇代に見えるバーテンだから、信頼のおける話が聞けるかもしれない。

自分のほうから、バーテンに話しかけた。

「死んだ女性のことだけどね。マスコミは、伊豆の某旅館の女将と書いているが、修善寺のお多福の若女将だよね」

「よく、ご存じですね」

「昔から知り合いでね。おれの知ってる彼女は明るく元気でね。今の季節、泳いでいて溺死するなんて、とても、考えられないんだ」

と、管野は、いった。

バーテンは、すぐには返事をせず、自慢のカ

クテルを作っていたが、

「これは、ホテル組合でしばらく内密にしておこうということになっているんですが、お客さんが、亡くなった女性と親しい方なら、かまわないでしょう。実は、その日は、あのホテルで、ある人物の激励パーティがあったんです。三〇〇人が呼ばれていて、亡くなった女性も、招待された一人だといわれています」

「しかし、そんなパーティのことは、マスコミは、全く、報道していないねえ」

「あんなことが、ありましたからね」

「いつ頃から決まっていたの？」

「うちのホテルにも、一カ月前から、知らせが入ってました」

「そういうことは、よくあるの？」

「大きなパーティについては、ホテル間で、前もって、知らせています。時たま、ホテルを間違える、お客さまがいますから」

「ところで、誰の激励パーティだったのか、教えてくれない？　よかったらだが」

「元総理の畑山信さん、知ってますか？」

「ああ、会ったことはないが、名前だけは知ってる」

「その畑山元総理の御子息が、八年間のアメリカ生活を切りあげて帰国された。今後、しばらくは、お父さんの秘書をして、来年の総選挙には、お父さんのあとを継いで、静岡から出馬されれ、政界入りされるみたいです」

「息子さんのことは、知らないなあ」

「何でも、東大↓ハーバードという最高のコースを出て、八年間、アメリカで政治の研究をされて、帰国されたそうです。だから、政界入りのお披露目《ひろめ》みたいな激励パーティのはずが、こんなことになって。ご本人も周囲《まわり》も、困っているんじゃありませんか」

「なるほどね」

「それ、芦ノ湖をイメージしたカクテルです」

「ああ。この青さが素晴らしいね」

飲み干して、管野は、腰を上げた。

3

その後の一週間。
芦ノ湖事件の警察発表も、マスコミの報道も変化がない。
どちらも、事故死の判断を崩そうとしなかった。警察は「芦ノ湖事件捜査本部」の看板を上げようとしないで、捜査担当も、解散してしまった。
マスコミの中には、一時、他殺の可能性も匂わせるニュースを出した新聞社もあったが、一週間たった今は、その声も聞こえなくなった。
そんな時に、『ケラケラウイーク』が、突然、
〈なぜ隠すのか？　殺人の匂いプンプン
警察も大マスコミも犯人を知ってるはずだ！〉
と、書いたのだ。
表紙の見出しにものったし、中の記事では、

さらに、

〈これは政治がらみの殺人だ。政治家の皆さん、正直になりましょう〉

と、元総理の畑山信の名前は出していないが、よく読めば、彼とわかる書き方で、事件の背後に、この政治家がいるというのである。

そして、この週刊誌にしては珍しく、「文責・久間征信」とあった。

管野のところには久間本人が、送ってきた。

読んですぐ、

「やったね」

と、声をかけたくて、彼の名刺にあったスマホにかけてみたが、いくらかけても、話し中になっている。

そこで、ケラケラウイーク社に電話してみた。

こちらも、話し中だったが、どうやら、話題騒然で、電話殺到でかからないとわかった。

この号の『ケラケラウイーク』が売れているという噂《うわさ》も聞こえてきた。

中央《ちゆうおう》TVが取り上げた。が、この記事が、はたして、どんな罪になるかという弁護士の判断が主で、記事がはたして事実かどうかの話だった。

二日目になっても、久間のスマホにはかからない。

ケラケラウイーク社にかけると、今度は、社長の小野寺《おのでら》という男が出た。

「久間君、いますか?」

と、いうと、

「今日は、まだ来ていません」

と、答える。

「彼の書いた記事がウケて、雑誌売れてるそうですね」

「おかげさまで、一〇万部完売です」

と、いう。変に冷静だった。

「じゃあ、久間君には、特別ボーナスですね」

「そうですねえ。考えてみます」

相変わらず、社長の声が、弾《はず》んでいない。

「政治家や、警察から、抗議は来ていませんか? テレビ局や、新聞から」

「いや、来ていません」

「何かあったんですか?」

「何もありませんよ」

「社長は前から、多恵という女性を知っていたんですか?」

「いや、今度のことで、初めて知りました」

「これから、どうするんですか?」

「これからですか?」

「当然、第二弾が必要だと思うんですよ。読者は殺人犯の名前を知りたいと思いますから」

管野がしつこくきくと、今度は、黙ってしまった。

「あそこまで書いたんだから、答えを書かなきゃいけませんよ。読者を裏切ることになる」

「経営者の私としては、あれで、ちゃんと決着をつけていると思っているんですがねえ。それはないと思ってます。他にも、仕事があるので失礼します」

と、相手は、いきなり電話を切ってしまった。

腹が立った。

何回でも、しつこく電話してやろうかと思った。が、やめた。向こうは、明らかに、自分の出している週刊誌の記事について、話したくないのだ。

管野は、それより、久間征信のことが、心配になってきた。それに、彼に会って話も聞きたい。用心棒になってやるといった手前もある。

もう一度、彼のスマホにかけてみる。今度は、全くかからなかった。

管野は、久間の名刺を見直した。

ケラケラウイーク社の住所が出ている。

久間の住所ものっているが、今、自宅にいるかどうかわからない。

ケラケラウイーク社のほうは、神田《かんだ》の出版社で、そこにいるかもしれない。

そこで、社長に会いに行くことに決めた。

神田駅から、歩いて、五、六分の小さなビルの三階だった。

黙って、ドアを開けた。

そこに、男が三人いた。

若い男二人と、四〇代に見える男だ。その男に向かって、

「社長さん——ですか?」

と、声をかけた。

「いや、社長は出かけてるよ」

と、その男がいう。

管野が笑った。声が、電話と同じだったからだ。

管野は、部屋の中を見廻した。雑誌や、参考資料が山積みになっている。

「今週号がありませんね」

「売れたんで、全部、書店に出ているんですよ」

と、若者の一人が、いった。

「おかしいな。ここに来る途中で、大きな書店を見てきたんだが、一冊もありませんでしたがね」

「たまたま、売り切れたんですよ」

「じゃあ、すぐ送れといってきてるんじゃないかな。伝票、ありません？」

「ここに注文はしないよ。本は中継がいて、書店が、そこに注文するんだ」

「取次会社か。そこにも電話してきいてみたよ。そしたら、ほとんどの書店で、『ケラケラウイーク』の今週号は、珍しく売れているのに、何処からも、追加注文が来ないと首をかしげているよ」

「さあ。おれは、取次会社に知り合いがいないからわからないなあ」

もう一人の若者が、無責任な言葉を吐く。

「じゃあ、何処へ注文したらいいのかね？」

管野は、意地悪くきく。

「そうだな。今日中に、一冊何とかしとくから、明日、もう一度、来てくれ」

「どうしても、今日中に、読みたいんだ。あんたたちは、ここで働いているんだから、何冊か持ってるだろう。定価の一〇倍払うから売ってくれ」

「駄目だ。明日だ」

「じゃあ、おれは、ここで待ってるから、持って来てくれないか。わざわざ、足を運んで来たんだから、それくらいのサービスしてくれてもいいだろう」

「ケンカ売ってるのか」

若者の一人が、とうとう怒り出した。

管野は笑って、

「そうだよ。ケンカ売ってるんだ」

その言葉に、相手は、さすがに、面くらったらしい。馬鹿にされたと思ったのかもしれない。

片方が、いきなり、殴りかかって来た。

太い腕だ。

だが、素人《しろうと》の拳は、絶対に当たらない。昔の六回戦ボーイでも、プロなのだ。反射的に、ひょいとかわす。

いらだった。続けて殴って来る。瞬間、

(見える)

と、嬉《うれ》しくなった。

素人の拳は、どんなにスピードがあっても、プロには、見えるのだ。見えるから、当たる寸前にかわすことが、できる。

管野も、素人の時は、眼の前のプロにからかわれている感じで、無性《むしょう》に腹が立った。

若者二人は、ケンカ慣れしている感じだが、所詮《しょせん》は素人だった。

もう一人が、横から、殴って来た。

これは、かわすより先に、管野のほうが反射的に殴りつけていた。

右のストレート。六回戦ボーイの頃から、この右ストレートだけは、ほめられた。

「左も、同じスピードなら、チャンピオンだな」と、コーチに、冗談《じょうだん》まじりで、いわれたことがある。

文字どおり、相手の身体《からだ》が、はね飛ばされた。

「この野郎」

もう一人は、身体ごと、つかみかかってくる。力は強そうだが、管野の眼には、スキだらけのただの人形に見える。

今度は、一歩も動かずに、左フックを、男の右脇腹に当てた。

相手は、うめき声をあげながら、その場に、しゃがみ込んでしまった。

社長はただ立ちすくんでいる。それに向かって、

「正直に、答えてくれ。おれは、今、無性に腹が立ってるから、嘘をつかれると、何をするかわからん。意味は、わかるな」

と、脅《おど》した。が、半分は、本気で怒っていた。

社長は、黙って肯《うなず》く。ただの平凡なおやじにしか見えなかった。

「週刊誌は、どうなったんだ?」

と、管野が、きいた。

「売れた」

「それなのに、どうして本屋に並んでいないん

だ？」

「突然、買い占められた。全部で、七万二三〇六冊だ」

「いくらでも買うというのなら、どんどん出せばよかったじゃないか」

「途中で、これで終わりだといわれて、社員たちが来なくなった」

「そこの二人は？」

「代わりにやって来たんだ」

「監視役か」

「大丈夫か。倒れたまま、全く動かないが」

「一〇分たてば気がつく」

「死んだんじゃないのか？」

「しばらく、左顎と、右脇腹は痛むだろうがね」

「怖くないのか？」

「買い占めた、連中のことか」

「そうだよ」

「どんな連中なんだ？ ヤクザか？」

「ヤクザかときいたら殴られた。国を思う憂国《ゆうこく》の士《し》だといっていた」

「老人か？」

「七〇歳だといっていた」

「ここに、来たことがあるのか？」

「会っている」

「どんな話をしていた？」

少しばかり、興味を感じてきていた。

「妙な唄《うた》を歌っていた」

「日本の唄か？」

「古い唄だよ。昭和《しょうわ》何とかと歌ってたから、平《へい》成《せい》でも、令和《れいわ》でもないんだ」

「昭和維新の唄かな」

「昭和維新？」

「昭和一一年二月二六日の二・二六事件だよ。歴史で習っただろう」

「それなら知っている。若い士官たちが、国家の改革を唱《とな》えて、クーデターを起こした。映画で見たことがある」

「当時の若者たちが、好んで歌ったというのが、昭和維新の唄だ。おれは好きだよ」

と、管野は、いった。

彼の祖父、管野勇太郎《ゆうたろう》は、大正一一年生まれ。

昭和二〇年八月、本土決戦に備えて、広島《ひろしま》の連隊で訓練を受けている時、原子爆弾の直撃を受けて死亡している。

その時、二三歳。東京に、妻子がいた。

管野勇太郎の妻（管野の祖母）と、まだ子供だった管野の父である。

その祖父の残した日記を、管野は、読んだことがあった。

祖父は、二三歳で、原爆で死ぬのだが、テロと戦争の時代を生きた感じだった。

子供の時こそ、平和だったが、一〇代に入ると、昭和七年の五・一五事件から、昭和一一年の二・二六へとつながり、翌一二年七月には、日中戦争が始まり、それが、太平洋戦争に拡大し、ヒロシマにつながるのである。

祖父自身、一〇代の頃、昭和維新の唄を口ずさみ、中学四年で陸軍士官学校に入り、卒業して、少尉任官、昭和二〇年に小隊長として、広島の連隊の一員として、広島で本土決戦に備えていた時、原爆で死ぬのである。

その点、父は、平和の時代に育ち、大学から商社に入り、三〇代で、今でいう、ベンチャー企業を友人と起こし、成功。管野に、五億円の遺産を残して死んだ。

管野自身も、戦争を知らない世代で、父に近いのだが、何故か祖父のほうに、親しみを感じてしまうのである。

一流商社員であり、ベンチャー企業の成功者の父の生活は、優雅だった。

おかげで、長男の管野も、アメリカでの生活を味わったし、高校を卒業すると同時に、ポルシェを買ってもらった。そして、五億円の遺産だ。

それに対して、祖父は戦争末期に原爆で死んでいるから、戦後生まれの管野は、もちろん顔も知らないし、話したこともない。

写真や、日記で知るだけである。それに、祖父の時代は、テロと戦争の、殺伐《さつばつ》とした時代である。

それなのに、何故か、管野は、何も知らない祖父のほうに、親しみを感じてしまうのだ。

自分でも、よくわからない。

父との、アメリカ生活。アメリカでは、アメリカの女の子ともつき合った。

三〇代で亡くなった母は、アメリカの社交界では花形で、管野の自慢だった。

それでもなお、何故か、父よりも、祖父に親しみを覚えてしまうのだ。

管野は、時々、その理由を考える。

第三者的に見れば、父の生活のほうが豊かで、贅沢《ぜいたく》である。平和で戦争もなく、弾《たま》に当たって死ぬこともなかった。

それに比《くら》べると、祖父は、政治テロと戦争の連続だった。B29の爆撃が続き、毎日が死と隣り合わせだった。本土決戦に備えたあげく、広島の原爆で死んだ。わずか、二三年の人生である。

陸軍士官学校に入ったのも、祖父の時代は、それが、最高の人生だったからだった。

もちろん、祖父の人生の本当の辛《つら》さはわからない。それでも、父の人生より魅力を感じることがある。

(平和は退屈なのか?)

ふと、そんなことも考えてしまう。

「久間征信は、今、何処にいる? まさか殺したんじゃないだろうな?」

管野は、社長を睨《にら》んだ。

「殺したら、私は、逃げ出してるよ」

「だろうね」

「私は知らないんだ。連中が、久間の車で、連れてった」

「どうして? 印刷した週刊誌は、全部、巻きあげたんだろう」

「だが、本人用として、五冊渡した。店頭に出る前だ。その五冊も、連中は、出せといって、三冊は、渡したんだが、あと二冊の行方を、久間が喋らないんで、あいつの車で、連中がどこかへ連れてったんだ」

「一冊は、おれが貰《もら》った」

「すぐ、連中に渡してくれ。久間が殺される」

「そこに伸びている男の仲間か?」

「ああ。他にも、何人かいる」

「ホースがあるか?　水道のホースだ」

「どうするんだ?」

「時間がない。少し早く目をさまさせる。水道の水を、頭からかけてやれ」

「大丈夫か」

「久間を助けたいんだろう」

「あいつは、今回の件で、馘《くび》にしたんだ」

「それならよけいに助けてやれ」

社長が、出してきたホースを、部屋のキッチンにつなぎ、最初は、意識を失っている男の顔に、かけていたが、反応が鈍いので、口に押し込んだ。

やっと、男が、水を吐きながら、眼をあけた。

「一回しかきかないぞ。久間征信がいる場所を教えろ。答えなければ、もう一回殴るが、今度は死ぬぞ」

「殴れるものなら――」

その途中で、管野は、少し手心を加えて、男の鼻の辺《あた》りを殴った。

悲鳴と一緒に、鼻が潰《つぶ》れ、真っ赤な血が、噴《ふ》き出した。

「ゴーラ」

と、男が、咳《せ》き込みながら、いった。

「強羅か?」

「ゴーラの別荘の――」

「あのバカでかい別荘か。おまえたちはそんな関係か」

と、いったが、管野は、感覚的にわかっただけだ。

「出かける。タクシーを呼んでくれ」

「この男たちは、どうするんだ？」

「警察に突き出したらいいだろう。あんたを脅してたんだから」

「そんなことをしたら、殺されるよ」

「それなら、あんたが逃げろ、今度のことで儲《もう》けた金を持って」

4

今日で、箱根は、三度目である。

バブルを象徴するような別荘の前に立った。

玄関には、今は、「昭和維新本部」と、看板が出ていた。

管野は、ふと、戦争で死んだ祖父のことを思った。二〇代で、軍人として原爆で死んでいた。父は、戦争で、ひどい死に方をして、かわいそうだといっていたが、とにかく、死ぬことに意義を見出《みいだ》せた時代だったことを、ふと羨《うらや》ましく思うことがある。

案内を乞《こ》う。

若い男が出てきた。

「親分に会いたい」

「親分じゃない。先生だ」

「どっちでもいい。久間征信のことで来たといってくれ」

「そこで待て」

顎を突き出すようにして指示する男の顔を、いきなり殴りつけた。

男の身体が、吹き飛ぶ。前より、当たる場所がよくなった。

「悪いな。時間がないんだ」

大股《おおまた》で、奥に向かって歩いて行く。

一度、泊まったことがあるから、だいたいの構造はわかっている。

奥に、庭に面した広間があり、そこに、確か、「昭和維新の唄」が、大きく貼り出されていたはずである。

最後のドアを開ける。

案《あん》の定《じょう》、その広間に、五、六人の男が集まっていた。

その中に、久間征信もいた。

正面に座っている老人が先生だろう。

「誰だ！」

七〇代に見える老人がいった。

「そこにいる久間征信の用心棒だ。仕事だから、連れて帰る」

「駄目だ」

老人は、立ち上がると、床の間に向けて、身体をずらしていく。

そこに、日本刀が二本、あった。

菅野は、近くのテーブルの上にあった、ガラスの花びんを投げつけた。

刀には当たらず、老人の顔に当たった。

老人が倒れる。男たちが駆け寄る。

管野は、床の間に突進し、日本刀の一本をわしづかみにして、鞘《さや》を捨てた。

管野は、日本刀を持ったのは、初めてだった。刃がついているのかどうかもわからない。

それでも、金持ちの持ちものだから、振り廻しても、折れたり、曲がったりすることはないだろう。

「久間。逃げるぞ！」

と、刀を振り上げて、久間を呼んだ。

その腕を、つかんで、玄関に向かって走る。

玄関で、殴り倒した男が、ふらふらと立ち上がって向かって来る。

それを、蹴倒《けたお》して、別荘の外に飛び出した。

「あんたの車は？」

「駐車場です」

「すぐ動くか？」

「多分《たぶん》」

「カギは？」

「わかりません」

「駆けよう」

「また駆けるんですか？」

「バカやろう」

とにかく、玄関脇の駐車場に向かって、走った。

車が、三台並んで駐《と》めてある。

その中の、ベンツに向かって走る。そのベンツのドアが、自動的に開いた。

「カギ、持ってたんだ」

乗り込む。エンジンが、かかる。

二人を乗せたベンツが、別荘を飛び出した。

「どっちへ逃げたらいいんです？」

「東京と逆の方向に行け！」

管野は、怒鳴《どな》ったところで、初めて、のどが渇《かわ》くのを感じた。

Ｇｏ Ｔｏ キャンペーンのおかげで、道路にも、車があふれていた。

その車の群れに、入ったところで、やっと、ひと息ついた。

途中、小路《こみち》に入り、自販機で、コーラを買って、飲む。

「歳《とし》だな」

と、管野が、呟《つぶや》いた。

刑務所に、入る前は、こんなことぐらいで、のどが渇いたり、足が重くなったりはしなかったのだ。

「何処へ連れて行かれるところだったんだ？」

と、動き出した車の中で、きいた。

「最後の一冊を取りに行くところだったんです。最後まで、いわないつもりだったんですが、本当に殺されそうになったんで、仕方なくですよ」

「誰に渡していたんだ？」

「彼女です。今は、名前は、勘弁《かんべん》してください。危ないですから」

「しかし、その彼女のところに案内するところだったんだろう？」

「正直にいっていいですか？」

「いいよ」

「途中で、二冊とも、あなたに渡したと言い換えるつもりだったんですよ。あなたなら、心配はいらないと思って」

「――――」

「どうしたんです？」

「おれは、時々、人を殴りたくなるんだ」

「殴ってください。連中は、殴られて当然ですから」

「まあ、いい。ところで、あの老人は、何者なんだ？」

「井上《いのうえ》龍馬《りようま》と名乗っています。弟子たちは、井上先生と呼んでいます」

「井上龍馬か。坂本《さかもと》龍馬を尊敬しているのか」

「この日本を、もう一度、洗濯したいと、よくいってます」

「日本を洗濯したいか」

「それに、妙な唄を、時々、歌っていますよ」

「昭和維新の唄だ」

「古めかしい言葉の羅列《られつ》ですよ」

「だが、おれは好きだ」

と、管野は、いった。

祖父たちは、よく、この唄を歌っていたと日記に書いている。

昭和の時代に、祖父たちが、この唄を歌っていた時の気持ちと、令和の今、管野が歌う気持ちとは、かなりの差があるだろう。

管野は、好きで歌うが、昭和維新のような行動を実行する気はないし、その時代でもない。

だが、祖父たちの世代は、実行した。

祖父の時代と、現代と、どちらの政治が、腐っているか、管野にもわからない。

祖父たちが、今、生きていたら、昭和一一年二月二六日と同じように、武器を取って、決起しただろうか。

いつの間にか、静岡県の海岸に来ていた。

海岸に出来たホテルの、カフェに入った。

「もう少し、井上龍馬という老人について知りたい。あの別荘に、いたところをみると、やはり、元総理の畑山信と親しいのか？」

と、軽食を注文してから、管野が、きいた。

久間が、肯く。

「古い友人らしいし、経済面の援助は、畑山がしているんだと思います。ああ、先日グランドホテル芦ノ湖であった、畑山の息子の帰朝パーティに、井上龍馬も呼ばれていました」

「あんたも、出席したんだろう？」

「おれは、取材です。そして、翌朝、湖岸で、お多福の多恵さんが死んでいるのを知ったんです」

「彼女も、そのパーティに呼ばれていたのか？」

それが、管野の一番知りたいことだった。

「正式な招待名簿にはのっていなかったです。ただ、来ていたから、ひそかに、招待されていたと思いますよ」

「誰が、招待したんだ？」

「それが、わからないんです。管野さんは、下田の清風荘の女将の松村久美子さんとも親しいんでしょう？」

「何回かあの旅館には、泊まっている」

「松村久美子さんも、招待されていましたよ」

「正式の招待者リストにのっていたのか？」

「確か、彼女は、のっていたと思います」

「なるほどね。パーティで、はっきりと、分けていたんだ。今後、必要な人間と、必要でない人間とだ」

　と、管野はいった。

「いや。もっと、厳密に分けていたのかもしれない。元総理畑山信の御曹子《おんぞうし》なら、前途洋々《ぜんとようよう》なわけだろう？」

「何しろ、東大→ハーバードの上、アメリカで、八年間、政治の勉強をしてきたといいますからね」

「そして、父親と同じ静岡を地盤にして、政治家になるか」

「今から、彼にすり寄ってくる人間たちで、あの夜のパーティ会場は、いっぱいでしたよ」

「元総理の畑山信の最大の後援者は、太平洋商事だったな」

「そうです」

「息子も、同じなんだろう？」

「もちろんです。パーティには、あの会社の社長たちお歴々が、大挙《たいきょ》押しかけてきていましたよ」

　と、いってから久間は、じっと、管野を見て、

「そういえば、管野さんは、ずいぶん、太平洋商事のために、尽くしたんじゃありませんか」

「かもしれないが、迷惑をかけたとも思ってい

る」

「そこが問題なんですよ」

と、久間は、急に大きな声を出した。

「管野さんと木村さんが協力してやった静岡ファンドですが、大成功と大失敗を繰り返したじゃありませんか」

「それで、ずいぶん迷惑をかけてしまった。何しろ、ファンドに資金を提供してくれた人たちの中で、三人の自殺者、夫婦心中と家族心中を出してしまったからな。おれが、二年六カ月刑務所へ入っていたのも当然なんだ」

「最初、順調に、静岡ファンドに金をつのって、まず、太平洋商事に、融資しましたよね。ほとんど無条件で。おかげで、一八〇円まで落ちていた株価は、たちまち五〇〇円に回復して、太平洋商事は、完全に立ち直っています」

「あの時、正直、ほっとしたんだ。太平洋商事の復興も、静岡ファンド設立の目的の一つだったからな」

「しかし、そのあと、静岡ファンドが、おかしくなって、融資先の企業、特に大臣だった高橋康正の奥さんの会社なんかは、あっという間に潰れてしまっています」

「あれは、経営陣の安易な経営方針のせいだよ」

「太平洋商事は、びくともしませんでした。株価も高いままでした」

「それは、太平洋商事が、懸命に、守ったからだろう」

「それだけとは、とても思えませんね」

と、久間が、いった。

管野は、自分と久間の立場が逆転したのを感じた。

久間を助け出して、この海岸まで来る間、管野は、自分が久間に対して、完全に優位に立っている、子供に対する物わかりのいい保護者の立場だと感じていた。

それが、急に、逆の立場になってしまったような気分になってしまった感じである。

「おれについて、いろいろと知ってるみたいだな」

と、管野は、いった。

「いや。何も知りませんよ」

「しかし、あの時のおれの立場を、冷静に見てるじゃないか」

「それは、あなたの思い過ごしです。ただ、あなたは、興奮して、走り廻ってたから、自分のことが、よくわからなかったんだと思う。冷静に見ていれば、たいていの人間が、あなたの置かれた立場がどんなに危ないものかわかったと思いますよ」

「刑務所に入っている間に、何通か手紙が来たのを覚えている。その中に、『バカ、バカ、大バカ』みたいな手紙があってね。その手紙のことが、妙に、頭に残っているんだ。あれは、あんたが書いたのか？」

「バカ、バカと書いた手紙ですか？」

「そうだよ。多分、あの手紙の主は、よほどおれがバカに見えたはずなんだ」

「違います。自分に、そんな勇気はありませんよ」

「おれは、勝手に、あんただと思うことにした。おれが、バカだというわけを教えてくれ」

「自分じゃありませんよ」

「今じゃなくていい。おれが、どんなにバカだったか、教えてくれ」

「困ったな」

「おれは、東京に戻るが、そっちは、どうするんだ？　おれは、ずっと、あんたの用心棒のつもりだから、何処にいると、教えておいてもらいたいんだ」

と、管野は、いった。

「いったん、北海道《ほっかいどう》へでも逃げているつもりです。落ち着いたら連絡します」

「ずっと逃げてる気じゃないだろう。記事の続きを書け」

管野は、励《はげ》ますように、いった。

「そのつもりですが、今回のことで、自分が想像以上に気が弱いことがわかりました。戦う気になるまで、時間がかかりそうです」

「わかった。怖いことがあったら、おれのところに逃げて来い」

管野は、座ったまま、久間征信を見送った。

第四章　縄張り

1

　管野は、すぐ、東京には戻らず、浜松近くのリゾートホテルに泊まり、毎日、海を眺《なが》めていた。

　その間、東京の谷口ゆみから彼のスマホに、一刻も早い帰京の催促《さいそく》が、かかった。
　一、今の居場所を教えてください。
　二、早く戻ってください。さもないと、事務所に報告します。
　ゆみは、この二つしかいわない。三日目には、管野が折れて、

「明日帰る」

　と、約束した。

　三日間、管野は、ただ単に、海を眺めていたわけではない。

　ここなら、東京より、多恵の死んだ芦ノ湖に近づきやすい。地元新聞も、何紙も読める。東京の大新聞は事件について型どおりのニュースしか流さないが、地元の新聞なら、何か、事件の裏を知らせてくれるのではないかと、管野は期待したのだ。

しかし、その期待は空《むな》しく、時間が経《た》つにつれて、地元新聞も事故死に固まっていった。

四日目。谷口ゆみに約束した日。

まっすぐ、東京に帰る気にはなれず、芦ノ湖の問題のホテルに立ち寄った。泊まり客を装《よそお》って、しばらく、ロビーにいた。

死んだ多恵のことを話す泊まり客もいたのだが、それも、すでに、過去形になってしまっている。

湖畔のカフェに寄って、店のママとも話してみた。

当日の夜は、むし暑くて、何人か、夜の芦ノ湖で泳いだ者もいたと教えられた。

「風がなくて、湖は静かだったから、溺《おぼ》れたというのは、不思議《ふしぎ》でした。よほど、飲んでいたんじゃありませんか」

と、店のママは、いったが、それ以上の疑問はきけなかった。

東京に帰った時は、夜になっていた。

巣鴨《すがも》駅近くの、ビジネスホテルに戻る。このビジネスホテルを、管野は、一週間契約で借りていた。

谷口ゆみに、すすめられたのである。

「一千万円の預金なんて、すぐ失《な》くなりますよ。だから、高いホテルなんかやめて、下町のビジネスホテルにしなさい」

このホテルも、彼女が、紹介してくれた。駅に近いし、安い。その代わり、フロントには六〇代の太ったおばさんが座っているだけだ。

「お帰りなさい。女の人が来てますよ」

と、教えてくれた。どうやら、谷口ゆみが来ているらしい。

六〇二号室のキーを渡される。

「いつ頃から、来てたの？」

「一時間くらい前ですよ。もう帰ったかもしれませんよ。でも、キーが戻ってないから、まだいるのかな」

聞き流して、管野が、エレベーターに向かおうとすると、

「管野さん。一週間の契約、もう切れるから、明日からも、借りるんなら、部屋代の前金、お願いしますよお」

と、おばさんの声が、追いかけてきた。

苦笑しながら、六階で、エレベーターを降りる。

通路はうす暗い。各部屋は、人がいれば、円《まる》い表示灯がついている。

六〇二号室には、表示灯がついているので、谷口ゆみは、帰らずに、まだ、中で待っていたのだろう。

ベルを押したが、返事がない。待ちくたびれて眠ってしまったのかと思いながら、管野は、自分のキーで、ドアを開けた。

手を伸ばして、明かりをつける。

部屋が、ぱっと、明るく照らし出された。

一瞬、管野は、息を呑《の》んだ。

八畳ほどの部屋で、ベッドと、椅子《いす》が置かれている。

その狭い中、じゅうたんの上に、女が、いや、谷口ゆみが、俯《うつぶ》せに倒れていた。

かすかに、血の匂いがした。

しゃがんで顔を近づける。息はしていない。手を、そっと首筋に当ててみるが、冷たく、背中を刺されたのか、流れ出た血は、すでに乾いていた。

管野は、部屋の中を見廻《まわ》してから、一一〇番した。

2

十津川《とつがわ》という警部とは、初対面だった。

東京の刑事だから、当たり前の話である。それでも、十津川の質問に答えながら、管野は、自然に、相手が、どんな人間だろうかと考えてしまう。

二年六カ月の刑務所暮らしのせいだろう。

まず、自分の敵か味方かを考えてしまうのだ。

同行の検視官が、

「死後、一時間といったところです」

と、いっているのを聞いた。

(芦ノ湖に寄らずに帰っていたら、生きている彼女に会えたのか)

と、管野は、思ってしまう。

(生きていたら、何か、おれに、言いたいことがあったのだろうか?)

「二年六カ月ですか。たいへんでしたね」

と、十津川がいう。

管野は、黙《だま》っている。

「この女性は、谷口ゆみさんですね」

「私の保証人です」

「彼女が、訪ねてきた時、あなたは留守にしていた？」

「ええ」

「どこに行っていたんですか？」

「浜松のリゾートホテルにいました」

　管野は、そのホテルのパンフレットを、十津川に渡した。

「そこに、三日間、泊まってました」

「そのホテルに、誰か、訪ねてきましたか？」

「いや。一人も」

「一人で、何をしていたんですか？」

「一日中、海を見てました。何しろ、二年半も狭い所に押し込められていたので、やたらに広いものが見たくなりましてね」

　と、管野はいった。少し嘘《うそ》がある。本当は、海を見ながら、死んだ多恵のことを、考えていたのだ。

「ところで、この被害者ですが、何の用で、このホテルを訪ねてきたのかわかりますか？」

　と、十津川が、きく。

「私が、今日、静岡から帰ってくるので、待っていたんだと思います。何か連絡したいことがあったのかもしれません」

「今回、あなたの保証人になった。それ以前からの知り合いですか」

「いや。私が出所してからです」

「どこから派遣されてきたかわかりますか」

「木村という、友人の紹介で、東京の秋山《あきやま》法律事務所からと、聞いています」

管野は、その事務所の名刺を、十津川に渡してから、

「彼女について、何かわかったら、私にも教えてください。彼女が殺されたことに、私も責任があるような気がするので」

「そのこと、約束しますよ」

と、十津川は、いった。

谷口ゆみの死体が司法解剖のために、運ばれたあと、

「彼女と、特別の関係だったということはありませんね？」

と、十津川が、きいた。

管野は、笑った。

「とんでもない。何もありませんよ。正直いって、私には、好きな女がいましたから」

「それなら、何故《なぜ》、彼女は殺されたんですかね。この部屋に、凶器はない。ということは、犯人は、凶器持参で、やって来て、谷口ゆみさんを殺した凶器を持ち帰っているんです」

「私を殺しに来たが、彼女が一人でいた。何か、咎《とが》められたかして、仕方なく、彼女を殺して逃げたということは、ありませんかね」

と、管野が、いった。

「それは、ありません」

「どうしてです？」

「検視官は、あなたが着く前一時間以内に、殺されたと、判断しています。もし、犯人が、あなたを殺すつもりだったとすると、この部屋で、あなたが来るのを、待つはずなのに、一時間も待たずに、逃げてしまった。谷口ゆみさん

を殺したことで、満足したからです」

と、十津川は、いった。

「じゃあ、私と全く関係なしに、彼女は殺されたんですか？」

「それは、調べないとわかりません」

「それは、私に調べさせてもらえませんか。彼女が所属している法律事務所には、一週間に一度、スケジュールを報告することになっているので、この殺人についても、私が連絡しなければならないのです」

と、管野は、いった。

谷口ゆみが所属する法律事務所は、中野《なかの》にある。

「私も、話を聞きたいので、一緒に行きましょう」

と、十津川が、いった。

その日のうちに、二人で、中野駅前の、雑居ビルに入っている秋山法律事務所に行き、秋山弁護士に会った。

秋山も、谷口ゆみが殺されたことに、驚いていた。

「谷口君は、ここのところ、事務所内の書類の整理と、管野さんの世話しかやっていませんでしたからね。それに、管野さんの場合は、罪をつぐなっているわけだから、他人に恨《うら》まれることもないと、思っていましたがね」

と、首をかしげた。

「管野さんが誰かに恨まれることは、考えられませんか？」

「管野さんは、いわば敗者ですからね。普通、同情されても、恨みを買うことは、ありません」

「谷口ゆみさん個人は、どうですか？　他人《ひと》に恨みを買うようなところはありませんか？」

と、十津川が、きく。

「多少、きついことをいいますが、性格がいいので、他人に恨みを買うことは、今まで、ありません」

と、秋山が、いった。

谷口ゆみが、管野の他にも、保証人になった、出所者がいるという。

秋山は、何人かのケースを、写真や、対話の記録で、教えてくれた。

十津川が、質問を変えた。

「管野さんは、四五歳。これから、社会生活がまた始まるわけだから、住居とか、新しい就職先の世話とか、たいへんでしょう。どうもっていくつもりだったか、教えてくれませんか」

「管野さんは、T銀行の静岡支店長として、赴任《ふにん》した頃から、今回の事件に、巻き込まれたのです。日本全体も、当時、デフレ真っ盛りで、静岡も不景気でした。そこで管野さんは、自分の財産五億も投げ出して、ファンドという冒険をした。結果は、失敗でしたが、太平洋商事という、静岡で最大の企業を救ってもいるんです。そこで、静岡選出の政治家で、元首相の畑山信さんに、管野さんのことを頼もうかと、考えたんです。畑山は、今でも保守党のリーダーで、政界に力を持っているし、何よりも、管野さんが助けた太平洋商事の理事長ですからね」

と、秋山は、いった。

「管野さんは、畑山信という政治家と面識はあるんですか?」

「いや、ありませんが、出所後、ある人に、困ったら、畑山さんを頼ったらいいとは、いわれました」

「畑山先生に、これから、管野さんの就職などを、頼むつもりなんですね」

と、十津川が、あらためてきいた。

「そのつもりでしたが――」

と、秋山は、言葉を切った。

「どうしたんですか。畑山信は、今でも、保守党の大物で、政界に隠然《いんぜん》たる力を持っているでしょう?」

と、十津川が、きく。

「実は、畑山信の長男、畑山敬介が、アメリカから帰国したんです。アメリカの有名大学を卒業し、八年間も向こうで、政治を勉強したというエリート中のエリートです」

「それが、どう問題なんですか?」

「もうひとつ、現総理が、先日、急病で、副総理が総理臨時代理になりました。畑山信にしてみれば、息子をさらに売り出す絶好のチャンスが来たというわけです」

「なるほど、そんな大事な時に、他人の就職の世話なんかやっていられますかと、拒否されてしまうおそれがある――」

「そうです」

「そういえば、テレビで見たことがありますよ。元総理の畑山信の自慢の子息が、箱根かどこかで、盛大な帰国パーティを開いたと」

「あれは、帰国記念パーティというより、来年春の総選挙を目指しての出陣パーティだったんです」

と、秋山が、いった。

そのパーティの夜、多恵が、芦ノ湖で溺死《できし》したのだが、管野は、そのことを、話そうかどうか迷っていると、十津川が、

「確か、そのパーティの夜、傍《そば》の芦ノ湖で、事故があったんじゃなかったですか。神奈川《かながわ》県警から、そんな話を聞いたような気がしますね」

と、いったのだ。

「そのとおりです」

と、秋山が肯《うなず》いた。

「パーティに出席した女性が、酔って、芦ノ湖で泳いで、心臓発作で亡くなったんです。そのことも、私たちに、遠慮させてしまいました」

その言葉が、管野の口を止めさせてしまった。

かわりに、帰りに立ち寄ったカフェで、コーヒーを飲みながら、管野は、十津川に、多恵のことを話した。

「どう考えても、彼女が、芦ノ湖のホテルで酔って、湖に飛び込み、溺死したというのが、信じられないのですよ。私の知ってる彼女は、心臓の病気もないし、泳ぎも、上手《うま》かったですからね」

「管野さんは、殺されたと、考えているんですか？」

と、十津川が、きいた。

「そう信じていますが、事故死ということに決まったみたいです」

「亡くなった人は、どんな女性ですか？」

「伊豆修善寺の『お多福』という旅館の若女将《わかおかみ》です」

「失礼ですが、あなたとの関係は？」

と、十津川が、きく。

「正直にいえば、恋人でした。だが、私の前に、つき合っていた男がいたんです。そのことを知らなかった。彼女もいわなかった」

「どうして、気がつかなかったんですか」

と、十津川は、きいてから、すぐ、気がついて、

「あなたは、刑務所に入っていたし、その男は、日本にいなかった」

管野は、黙って肯く。

「少しずつ、呑み込めてきましたよ。あなたが、多恵さんと親しくなる前、彼女が、つき合っていた男がいた。それは、畑山元総理の子息だった。その後、彼は、アメリカに留学して、八年ぶりに、日本に帰ってきた。そういう話ですね」

と、十津川が、いった。

「だいたい、そんなところですが、どうしてもわからないことが、ある」

「多恵さんが、何故、事故死に見せかけて、殺されたのか。その理由ですか？」

「そのとおりです」

管野は、今まで、胸におさめていた疑惑を、十津川に話すことにした。この警部なら、わか

ってくれると思ったのだ。

「先日の芦ノ湖のホテルのパーティは、畑山元総理の子息畑山敬介の帰国パーティとなっていますが、実質的には、来年の春の総選挙を意識した、政界進出パーティです。そのパーティには、静岡に住む有力者や、旅館のオーナーたち、つまり有権者が呼ばれていました。旅館お多福の女将多恵もです」

「なるほど」

「私は、最初、多恵も、有権者の一人だから、招待されたんだと、考えていました。しかし、奇妙な死に方をしたとなると、別の疑惑が、生まれてきたんです」

少しずつ、管野の口調が、熱っぽくなってくる。

「元首相の子息は、政治の世界では新人で、何よりも新鮮でなければならないのに、昔つき合っていた女がいた。その女が、何をいうか、どんな行動を取るかわからないのでは、不安で仕方ない。何とか、口封じしたいと考えていたのではないかと、そういうことですね」

「そのとおりです。しかし、私の勝手な想像でしかないのかもしれません。多恵の死は、事故死で、片づけられてしまうでしょう。そうなれば、どうすることもできません」

と、声を落としてから、

「十津川さんにも、どうにもなりませんか？」

「私は、東京警視庁の人間で、芦ノ湖は、神奈川ですからね」

十津川としては、今は、そういうより仕方がない。

「全く、駄目《だめ》ですか？　手が届きませんか？」

「たとえば、東京の人間が、神奈川で事件に巻き込まれて、警視庁と神奈川県警の合同捜査になる。それも、芦ノ湖周辺で起きた事件となれば、私たち警視庁の手が届くかもしれません」

と、十津川は、いった。

「私は、現在、東京に住んでいるんで、東京の人間です。もし、私が、芦ノ湖周辺で、事件を起こせば、十津川さんの警視庁と、合同捜査になりますか？」

と、管野が、きいた。

「ただの事件では、駄目です。私は、捜査一課の刑事だから、強盗、殺人でないと、担当できないのです」

と、十津川は、いってから、

「変なことは、考えないでくださいよ。無理はしないでください」

と、いった。

しかし、管野には、生まれつき、興奮すると、止まらなくなる性格があった。

「これは、私のことじゃ、ありませんが――」

と、断わって、久間征信について、喋《しゃべ》り出した。

「『ケラケラウイーク』という、でたらめな週刊誌の記者なんですが、一生に一度でいいから、これぞ特ダネという記事を残したいと思いましてね。ホテルでパーティがあった芦ノ湖で、多恵が水死したニュースを記事にしたんです。畑山元首相の息子が、口封じに、昔の恋人を溺死に見せかけて、殺したという記事を書いて、『ケラケラウイーク』にのせたんです。彼にしてみれば、証拠があっての記事ではなく、自分で、想像を逞《たくま》しくしての記事ですが、畑山元首相が、これはたいへんと思ったのか、久間征信を痛めつけ、記事ののった週刊『ケラケラウイーク』をすべて回収して、焼却してしまおうとしたんです」

「あなたは、その久間征信とは、どんな関係なんですか？」

「記事の中で、私を、多恵の今の恋人だと、勝手に書こうとしたので、殴《なぐ》りつけてやりましたが、今のところ、彼女の死を殺人と書いているマスコミは、この男の『ケラケラウイーク』しかないので、彼の用心棒をやっています」

「用心棒ですか？」

「彼は、この記事を書いたために、脅《おど》かされているので、守ってやる必要があるんですよ」

「彼は、今、どこにいるんですか？」

「姿を消していて、所在不明です。見つけたら、会ってやってください」

と、管野が、いって、写真も見せた。

十津川は、肯いたが、一番の疑問は、解けないままだった。

それは、何故、谷口ゆみが殺されたかという、その理由である。

その疑問は、翌日の捜査会議でも取り上げられた。取り上げたのは、三上《みかみ》刑事部長である。

「殺された谷口ゆみだが、ずっと出所者の社会復帰に尽くしてきた女性なんだろう。地味な仕事で、今まで、彼女にお世話になった出所者が、何人もいると聞いている。そんな女性を、いったい誰が殺すのかね。逆恨《さかうら》みした出所者の仕業《しわざ》なのか？」

「秋山法律事務所で、谷口ゆみの世話になった出所者全員を調べたところ、彼女を殺したと思われる人物は、見当たらなかったと、いっています」

「とすると、どうなるんだ？　突発的な殺人ということになるのか？」

「それは、考えられません。犯人は、凶器を持参して、わざわざ、巣鴨駅近くのビジネスホテルに行き、六〇二号に入って、殺しています。偶然の犯行ではありません」

「しかし、その六〇二号室には、管野愼一郎が泊まっていたんだろう。犯人は、彼を殺しに行ったら、彼の代わりに保証人の谷口ゆみがいた。それで、見られてしまったので、殺してしまったということじゃないのか？」

「それも考えました。それなら、彼女を殺したあと、六〇二号室で、じっと、管野愼一郎を待てばいいのです。目的は管野なんですから。ところが、犯人は、それをしていません。谷口ゆみを殺しただけで、逃げてしまっているのです」

「谷口ゆみを殺したあと、管野も殺すつもりだったが、危なくなったので、管野殺しは一時あきらめて逃げたんじゃないのか？」

「それはありません」

「何故、そういいきれる？」

「犯人は、銃を使っていません。したがって、昨夜、あのビジネスホテルの泊まり客も、フロントのおばさんも、殺人があったことに気づいていないのです。それにもかかわらず、犯人は、逃げてしまった。ということは、谷口ゆみを殺したことで、満足したということです」

「となると、また、最初の疑問に戻ってしまうじゃないか。誰からも愛された彼女が、何故、殺されなければならないのかという疑問だ」

「特別な動機かもしれません」

と、十津川は、いった。

「どんな動機だ？」

「そこまではわかりませんが、少しずつ、わかってくると思っています」

と、十津川は、いった。

二日後、新聞に、こんな記事がのった。
〈(静岡発)
本日、畑山元首相の長男畑山敬介氏（三五）が、正式に政界入りを表明した。さしあたっては、父畑山信氏の秘書として働く予定である。
なお、敬介氏は東大→ハーバード出身で、政界の若きエースとして、期待を持たれている〉
本来なら、十津川にとって、何の関係もない人間である。
だが、谷口ゆみ——管野愼一郎——多恵——芦ノ湖という連なりで、十津川の気になる人物になっていた。

「静岡に行ってくる」

と、十津川は、亀井《かめい》刑事にいった。

「今の状況では、部長は許可しませんよ」

「だから、年休を取るよ。いつものように」

と、十津川は、笑った。

年休の届を出して、十津川は、新幹線で、静岡に向かった。

東京発九時二七分の「こだま七一三号」で、静岡着、一〇時四七分。

静岡駅の近くに、

「畑山事務所」


の看板を見つけた。今は、父親の畑山信の事務所である。

その代わりのように高さ二メートルの巨大なパネルが、事務所の建物の横にロープで取りつけてあった。

畑山敬介著『アメリカ政治の実態と日本』

宣伝パネルである。

畑山の息子、敬介の宣伝であることも間違いない。

十津川は、少し離れた場所から、事務所の写真を撮《と》ってみることにした。

その時、突然、黒い塊《かたまり》が、背後から飛んで来て、事務所とロープで取りつけてある本の宣伝パネルにぶつかった。

炎が噴《ふ》きあがった。

火炎びんだ。

たちまち、看板《パネル》が、燃えあがる。

事務所から数人の男が、ばらばらと飛び出してきた。

看板を、事務所から引き離して、消火剤をぶちまける。

残りの二人が、逃げる男を追いかけていく。

背中を見せて逃げているのは、小太りの男だった。

追跡している二人の男は、いずれも二〇代で、スポーツマンに見える。

たちまち追いついて、相手を殴り倒した。

事務所が一一〇番したのだろう。すぐ、パトカーが、二台もやって来て、男に手錠をかけ、パトカーに乗せて、連行して行った。

十津川は、その様子を、スマホで撮ったあと、静岡警察署に向かった。

署の前には、さっきのパトカー二台が、まだ、駐《と》まっていて、周辺は、騒然としている。

十津川が、受付で、警察手帳を示すと、すぐ、奥の署長室に案内された。

署長に、受付で話した言葉を、繰り返した。

「さっきの放火騒ぎを見ていたのですが、捕まった男が、顔見知りのようなので、会わせてくれませんか」

それに対して、署長は、

「相手が黙秘を続けているので、何とか、動機もきき出してもらいたい」

と、いう。

十津川は、相手は興奮していると思うので、二人だけで、会わせてもらいたいと、いった。

その結果、男と、取調室で、会うことが許された。

やはり、管野に見せられた写真の男だった。と、いっても、もちろん、初対面である。

だから、久間征信は、青い顔で、十津川を睨《にら》んでいた。

「二日前に、管野さんに会いました。あなたのことを心配して、『ケラケラウイーク』という変な週刊誌の記者の久間征信という男に会ったら、励《はげ》ましてやってくれと、頼まれたんですよ」

十津川が、いうと、相手は、やっと、笑顔になって、

「管野さんは、元気ですか？」

「一応、元気です」

「一応というのは、何ですか？」

「彼は、刑務所帰りなので、谷口ゆみという保証人がついているんです」

「そのことは、知っています」

「彼女が、何者かに殺されました。私は、この事件の捜査を担当しています」

「自分のことが精一杯《せいいっぱい》で、その事件は、全く知りませんでした。犯人は、わかったんですか？」

「いや、全くわかりません。ところで、火炎びんを投げた理由は何ですか？　いいたくなければ、いわなくてかまいませんよ」

「腹が立ったからです。むかっ腹が立ったの

で、コーラのびんにガソリンを詰めて、火種と一緒に、ぶつけてやったんですよ」

「何故、腹が立ったんですか？」

「私はね。畑山父子《おやこ》が、来年の総選挙の邪魔になる多恵さんを、事故に見せかけて、殺したと思ってる。警察は、事故で片づけているけど、あれは、殺しなんですよ。それなのに、あんなでかい宣伝パネルを出しているんで、腹が立った。でも、あの看板だけを燃やそうとしたんで、事務所まで燃やす気はありませんでしたよ。これは嘘じゃない本当です」

「信じますよ。署長にも、そう話しておきます」

と、十津川は、約束した。

3

署長が、笑った。

笑いながら、十津川に、いった。

「あの男の名前は、久間征信。『ケラケラウイーク』という、でたらめばかりのせる週刊誌の記者ですよ。そんな男が、本当のことを喋るはずがないでしょう。あの事務所に、放火しようとしたのは、明らかです」

傍にいた副署長は、怒りを見せていった。

「あの男は、何故か、畑山先生を憎んでいましてね。先日は、畑山先生と、ご子息のあることないこと書いたゴロツキ週刊誌をバラまきましてね。その騒ぎを収めるのが、たいへんでした」

「それは、どんな形で、終息したんですか?」

十津川は、きいてみた。

「畑山先生は、穏《おだ》やかな方ですから、名誉毀損《きそん》で、法律で処理しようとしたら、奴は、突然姿を消しましてね。畑山先生の悪口を書いた雑誌を、バラまく行動に出たんです。その雑誌を集めて処分するのがたいへんだったそうです」

「しかし、今回は、怪我人も出なかったので、さして、問題にせずにすむんじゃありませんか」

と、十津川は、いった。自分が撮った現場写真も見せた。

火炎びんを投げたり、畑山敬介が書いた本の宣伝パネルが燃えあがったりと、一見派手な現場なのだが、畑山事務所は、全く燃えていないのである。また、殴られたのは、犯人の久間征信だけだったのだ。

それにもかかわらず、署長や副署長に、十津川の写真は、完全に無視された。

「冗談《じょうだん》じゃありませんよ。この事件は、久間征信が、一方的に、元首相の畑山先生を攻撃したのであって、被害の大小は、関係ありません。火が、畑山事務所に燃え移らなかったのは、確かに幸運ですが、燃え移っていた可能性もあるわけだし、事務所にもし、畑山先生や、ご子息がおられたらと思うと、ぞっとします。犯人の久間征信は、手かげんをするような人間じゃありませんから」

署長は、一方的に、喋った。

「久間征信という男は、そんなに悪い男ですか？」

十津川が、きくと、署長は、ダンボールから、五、六冊の週刊『ケラケラウイーク』を取り出して、机の上に並べた。

確かに、『ケラケラウイーク』という名前に、ふさわしい雑誌だった。表紙は、どの号も、半裸の女性で、内容も、「ヌード喫茶Ａの遊び方」とか、「新宿のクラブの二階にあるマージャンルームでは、秘密のマージャンが連夜行なわれている。合言葉は、『一点千円のレートで遊びたい』」とか、「中野のＡＫビルは、一見五階までだが、ママに六階以上に案内されたら、天国に行ける」、そんな記事で埋まっている。

「問題の特ダネがのった特別号を見たいんですが」

十津川がいうと、署長は、声を大きくして、

「とにかく、畑山先生と、ご子息を殺人犯にしたてようとして作った、ウソばかりの週刊誌ですよ。だから、畑山先生を守ろうという人たちが、必死で町に出てしまった週刊誌を買い集めたんです。いつも、せいぜい一万部くらいしか刷《す》らない雑誌なのに、一〇万部、正確には、七万五〇〇〇部も出てしまったのを、回収したんです。とにかく、必死でしたね」

「警察も、回収に協力したんですか？」

「何しろ、ウソばかり書きつらねた週刊誌ですよ。そんなもので、日本の民主政治が左右されたら、たいへんじゃありませんか」

「結局、どのくらい処分できたんですか？」

「畑山先生の関係者にきくと、ほとんど回収できたが、十冊くらいは、行方不明のままだと、いっていましたね」

と、署長は、いった。

十津川は、管野が、一冊持っているといったのを思い出した。いつか、その一冊を読んでみたい気がした。

結局、署長は、久間征信の行為は、悪質であって、簡単に釈放はできないという。

それに、畑山元首相と、その長男のスキャンダルを描いた週刊『ケラケラウイーク』の特別号のことを考えると、今回の事件に合わせて、傷害容疑で起訴することも、考えざるを得ないとも、いった。

十津川は、それが、実行されるかどうかを知りたくて、休暇を一日延ばした。

翌朝、もう一度、静岡警察署に行ってみると、署の前で、管野にぶつかった。

「久間が、捕まったと知って、駆けつけたんですが、会わせてくれないのですよ」

と、管野は、怒っている。

「昨日、私が会っているから、久間さんの様子は、知っています」

と、十津川は、近くのカフェに、管野を連れて行った。

十津川が、畑山事務所を見ていたら、突然、久間征信が、火炎びんを投げつけたことを話した。

「それを、スマホで撮っておいた。久間さんは本の宣伝パネルを狙《ねら》って、火炎びんを投げたが、静岡署は、延焼の危険があった事務所に、畑山父子がいたら、焼死の心配もあったとして、久間さんを、傷害未遂で起訴し、裁判にかけるつもりだと思います」

「久間の奴、警察に、自分が狙って投げたと、言質《げんち》を与えてしまうなんて、バカなことをしたもんだ」

管野は、明らかに、腹を立てていた。

「いつから、久間さんを知っているんですか？」

「出所してからです。彼が働いている『ケラケラウイーク』という週刊誌のことも知らなかった。彼のほうから、突然、近づいてきたんです」

「しかし、用心棒になってやったんでしょう」

「気が小さいくせに、畑山元首相なんかに、突っかかっていくもんで、つい、心配になりましてね」

「何故、畑山元首相に突っかかっていくのか、芦ノ湖で死んだ女性について、あれは、事故ではなく、殺人だと書いたりするのか、その理由は、わかっているんですか？」

十津川が、きくと、

「それなんですよ」

と、管野は、膝《ひざ》をのりだした。

「あいつは、でたらめな週刊誌で働いているが、一生に一度、自分の書いた特ダネをのせた週刊誌を出したいといっていた。その夢を、畑山元首相に突っかかるかたちで、かなえたんだろうと思っていたんです。しかし、今日、バカなマネをしたのを知って、少し違うのかなと思っているんだ」

と、管野は、いう。

「それは、久間さんが、一時の夢のために、たまたま、畑山元首相にケンカを売ったり、多恵さんの死の真相を書いたりしたと思っていたが、ひょっとすると、本気で、真相に迫ろうとしてるんじゃないかということですか？」

「そうなんです。少しばかり、久間征信を見直しています」

と、管野は、いった。

「彼と、静岡署の中で話しましたが、本気ですよ。本気で、多恵さんの死は、殺人と思っていますよ」

と、十津川は、いった。

「そうなると、理由がわからない。彼のことは、ほとんど何にも知りませんからね」

「久間さんのほうから、自分のことはあなたに話さないんですか？」

「最近知ったばかりだし、あいつは、自分のことを、ほとんど話さないんですよ」

「何故ですかね？」

「辛《つら》い人生だったのか、その反対なのか」

「久間さんは、いくつなんですか？」

「私と同じ四五歳といっていたが、本当かどうかわからない」

「今、何をしたいんです？」

十津川がきくと、管野は、間髪《かんはつ》を入れず、

「静岡署に乗り込んで行って、久間を助け出したい」

と、いった。今度は、十津川が苦笑する番だった。

「あなたも捕まりますよ」

「しかし、お前の用心棒だと、久間にいっているからなあ。どうしたらいいんです？」

「署長は、裁判だとか、実刑だといってますが、裁判になっても、たいした罪にはならんでしょう。一人も死んでいないし、傷ついてもいませんから。だから、まず、弁護士をつけましょう。連絡が取れるように。あなたの秋山法律事務所に頼めばいい」

「しかし、私を監視していた弁護士だからな」

「それは、私が説得します。谷口ゆみさんが殺されているから、自然に、私と秋山法律事務所は、関係ができています」

「しかし、十津川さんは、久間征信とは、関係がないでしょう。何故、熱心なんです？」

「私が刑事だからかな。刑事というのは、どんなところにも、首を突っ込みたがるものなんですよ。特に面白そうなところにはね」

「久間征信という男は、刑事さんにも面白い存在なんですか？」

「非常に面白い存在です。人間的にも、彼の立場にも」

と、十津川が、いった。

「彼の立場って、何です？」

「あなたにいわせると、久間征信は、一生に一度でいいから、週刊誌を特ダネで飾りたい。そんな週刊誌を出してみたいと考えて、『ケラケラウイーク』の特ダネ号を出したということですね」

「久間は、そういっていたし、その気持ち、よくわかったんだ。下ネタ専門の週刊誌の記者をやってたら、一生に一度でいいから、まともな、それも特ダネをのせた週刊誌を出したい。その気持ち、よくわかったんだ。だから、あいつの用心棒を買って出たんだ」

「今でも、その言葉、信じていますか？」

「もちろん、信じている。久間は、その夢を実現させて、あんな週刊誌を出したんだ。おかげで、危険な目にあっているが、本望じゃないのかな」

「しかし、そのために、あなたを、巻き込んだ。記事に使った」

「あれには、かっとしたが、多恵とのことは、事実だから、仕方がないと思ったし、私も、彼女の死には、疑問を持っていたから、久間の行動は、サポートしたいと思った。当然でしょう」

「あなたらしいと思うが」

「それ以外に、何かありますか」

「正直にいっていいですか？」

「もちろん、正直にいってほしい。嘘は嫌いだ」

「私から見れば、不審な点が、多すぎます。久間征信は、『ケラケラウイーク』の記者でしょう。オーナーじゃない。一介《いっかい》の記者が、一生に一度の夢を見たいという気持ちだけで週刊誌を、自分の好みの記事で埋められるだろうか。

オーナーが、賛成したのか。その号だけ、七万五〇〇〇部を、刷ったわけでしょう。売れると、誰が思ったのだろうか。関係者から、反撃を受けるのは承知の上だったのか？　疑問はいくらでも出て来ますよ」

「私は、生涯に、一度は特ダネを書きたいという気持ちだったと信じたいんだ」

「あなたは、一生に一度、五億円を使って、賭《か》けをやった人だから」

「他に、もう一つ、考えたことがある」

「久間征信が、多恵さんを愛していたんだなということですか？」

「ああ、そうだ。だから、彼女が事故死したという結論に怒って、あんな週刊誌を出したんじゃないか。私も同感だから、初めて会った男だが、好きになりましたよ」

と、管野は、いう。

「他には、考えなかったんですか？」

「他に、何を考えるんです？」

「多恵さんが、畑山元首相の長男の彼女だったら、事故死ではなく、殺人だという噂《うわさ》は、将来にとって、マイナスになる。それを考えれば、畑山グループにとって困る。だから、畑山グループの反対勢力、それは、同じ保守勢力かもしれない。それが、久間征信を使って、特ダネ週刊誌を出したかもしれないし、久間自身が、その勢力の一員かもしれない」

「そんな小難しいストーリイは、考えられないし、考えたくもない」

と、管野は、いった。

怒っているのではない。笑っているのだ。

（この人は、いい人だが、利用されやすいだろう）

と、十津川は、思った。

（しかし、何故、この男の周辺で、事件が起きるのだろう?）

それが、不思議だった。

十津川の知っている限り、この男、管野慎一郎は、T銀行静岡支店長として、友人と、デフレに沈んだ静岡経済を建て直そうとした。そのため、父の遺《のこ》した五億円の財産を使い果たし、一部では成功したが、結局三家族の自殺者を出して、終わった。それをうけて、管野は、二年六カ月の刑務所暮らしとなり、この経済の建て直し作業は、終わっている。

管野が、それを恨んだ形跡はない。彼一人が、損をしたかたちなのに、出所した管野の周辺で、事件が、続けて起きている。管野が、自分一人が大損をしたことを怒って、事件を起こすのなら、わかる。逆なのだ。管野自身が、わからないと、いっているのだから、仕方がないが、どうしても、十津川は、その理由を知りたい。

4

翌日、十津川は、丸一日、忙しかった。

秋山事務所へ行って、静岡警察署に逮捕された久間征信の弁護を頼んだ。

十津川が、こんなことを頼むのは、初めてである。

静岡署の署長も、驚いていましたよと、秋山弁護士が、十津川に報告した。

「あまりにも、しつこく、依頼主が誰かと署長がきくので、仕方なく、十津川さんの名前を出したら、びっくりしてましたよ」

「それで、久間征信の扱いは、どうなりそうですか?」

と、十津川は、きいた。

「決まっているのは、四八時間の勾留《こうりゅう》で、そのあと、傷害未遂容疑で、再逮捕、起訴の可能性もあるといっていますが、怪我をしているのは、久間征信一人ですからね。無理でしょう。四八時間で釈放されると思います」

秋山弁護士は、十津川が、スマホで撮った写真が役に立ったといった。

「燃えた畑山敬介の著書の宣伝パネルと、事務所の間には、一メートル三〇センチの隙間《すきま》が、ありますからね。事務所を狙って、火炎びんを投げたとはいえません。それに五人の男が、事務所から飛び出していますが、全員を調べてみると、アルバイトとわかりました。当時、畑山元首相や、長男の敬介氏がいなかったということです」

「静岡署が、やたらに、久間征信を、起訴し、裁判にかけようとしていますが、何故なんですかね?」

と、十津川は、きいてみた。

「来年の総選挙を目指して、畑山陣営は、すでに動き出しています。特に、子息の敬介氏は、エース、切り札ですからね。自他共に、将来は、父親の後を継いで、総理大臣にと期待していますね。しかも静岡出身の総理です。署長としては、当然、畑山父子の前で、手柄を立てたい。認められたいと、思うのは、自然です」

と、秋山は、いった。

最後に、十津川は、死んだ谷口ゆみの代わりは決まったかと、きいてみた。

「人選に悩みました。谷口ゆみさんが、あんな死に方をしたので、次は、男性にと思ったのですが、肝心《かんじん》の管野さんが、身の廻りの世話をしてくれるのは、女性がいいと主張するので、続けて、女性にしました。一応、十津川さんには、名前を教えておきましょう」

秋山弁護士は、彼女の名刺をくれた。

谷口あき

と、あった。

「同じ姓ですね」

「亡くなった谷口ゆみの妹で、二五歳です」

「妹さん?」

「彼女のほうから、志願して来たんです。私は、姉さんのことがあるから、やめなさいといったんですが、どうしてもというのです」

「理由があっての志願ですか」

「彼女は、こういうのです。姉が殺された理由を知りたいと。姉自身に殺される理由があるとは思えない。政治的にはノンポリだし、特定の政治家のファンでもない。三〇歳だった、二年前に、男と別れて、特定の彼はいなかった。そんな姉が殺される理由はないから、管野慎一郎の保護者になっていたために、殺されたんだと思う。だから、姉に代わって、管野の保証人になれば、犯人に出会えるかもしれないというのです」

「危険ですね」

「危険が好きだといっています」

(嘘だな)

と、思った。

危険だが、それでもなお、姉の殺された理由と、犯人を知りたいということだろう。

十津川は、管野に電話した。

谷口あきのことをきこうと思ったのだが、向こうから、今後のスケジュールを聞かされて、そのほうに、関心が、いってしまった。

「明日から、縄張りを廻ることにしました」

と、いうのである。

「縄張りって、猫の縄張りですか?」

「狼の縄張りです」

そのあと、管野は、急に、能弁になって、

「三年前、T銀行静岡支店長として、金集めに、静岡県周辺を走り廻りました。列車を使ったり、バスを使ったり、時には、タクシーを使いましてね。あれは、まるで、狼の縄張り調べだった。もう一度、あれをやってみようと思ったんです」

「今度は、金集めじゃないでしょう?」

「もちろんです」

「何を集めるんです?」

「犯人《えもの》探しです」

と、管野は、続けて、

「私が働いていたT銀行は、東京にも神奈川にも、支店があった。だから、東京と静岡を結ぶ縄張りでね。神奈川も入ってくる。その縄張りの中で、今、殺しが行なわれてるんだ。かつての縄張りの主としては、だんだん、腹が立ってきた。だから、これから、狼のように縄張りを走り廻って、犯人《えもの》を捕まえてやろうと思い立ったんですよ」

「明日からですか?」

「そうです。今、例の巣鴨のビジネスホテルにいる。ここを、狼の巣にすることにした。まだ、このホテルには、谷口ゆみが殺された匂いがしているが、これも、狼の巣にはふさわしいと思っていますよ」

「明日のスケジュールを教えてください」

「明日、新しい『踊り子』で静岡に行く。午前一一時〇〇分東京発の特急『サフィール踊り子一号』。伊豆急下田行です」

「犯人が出て来ると思いますか?」

「出て来るまで、縄張りを見廻りますよ。そのうちに、私が眼障《めざわ》りになったら、出て来ると思いますがね」

と、管野が、いった。

第五章　特急サフィール踊り子一号

1

管野が、初めて乗る「踊り子」だった。

いつ誕生したのかわからないが、管野は見るのも、乗るのも、初めての列車である。

それと同時に、管野が見なれ、乗りなれていた、今までの角形の「踊り子」は、消え去るという。

一般的ないい方をすれば、新しい車両に変わるということなのだが、管野にしてみれば、自分が、刑務所に入っている間に、「踊り子号」まで変わってしまったという感じである。

まず、車体の色からして、鮮烈だった。

今までの、乗りなれた特急「踊り子号」は、白と青系のツートンカラーだが、白の部分が大きく、形も平凡で、全体に、大人しい感じだった。

それが、今日、東京駅の9番ホームで見る「サフィール踊り子号」は、全く違った車両だった。

一瞬、濃いブルー一色に見えるほど、白の部分が少なかった。

形も、平凡な角形から、流線形に変わった。

そして、流れる黒いベルトの線。

「まるで、蛇《へび》だな」

と、管野は、思った。前のめりに、食いつきそうな蛇だ。

切符は、谷口ゆみの後任が、買っておいてくれた。

「一番、ぜいたくな席《シート》を」

と、要望を出しておいた。その結果、渡されたのは、2号車「個室4」グリーンの切符だった。

グリーンの個室があるらしい。

興味を覚えながら、2号車に乗り込む。

確かに個室だが、完全な個室ではなく、四人部屋だった。

ボックス席もあったが、「個室4」は、四人が、斜《なな》めに窓の外を見る感じの形になっていた。

中央窓に向かって、テーブルがあり、そのテーブルに向かって、四人が、斜めに向いて座るのである。

何故《なぜ》、そんな形になっているのか。コロナで、向かい合うのが危険だという説明だった。

ただ、対面した形ではないので、黙《だま》っていても不自然ではないから、気楽といえば、気楽である。

他の三人は、まだ姿が見えない。

管野は、席に腰を下ろし、テーブルにのっていたパンフレットに眼を向けた。

列車は、八両編成、1号車のプレミアムグリーンを含めて、全車グリーン、全車指定であることが、わかった。

完全な観光列車だということだろう。

時刻表で、この列車の運行時刻を調べてみた。

東京　11時00分発
↓
品川《しながわ》　11時08分
↓
横浜　11時24分
↓
熱海　12時17分｜12時19分
↓
伊東《いとう》　12時36分｜12時37分
↓
伊豆高原　12時55分
伊豆熱川　13時06分
伊豆稲取　13時13分
河津　13時18分
↓
伊豆急下田　13時29分着

途中、かつての「踊り子」と違って、曜日によって、武蔵小杉を通ることは、先日の「踊り子五号」でも、経験している。

発車時刻が近づくにつれて、乗客が、どんどん乗り込んでくる。

緊急事態宣言が解除されたので、マスクはつけていても、なごやかな旅行気分になっている。

管野の隣にも、乗ってきたが、女性だった。大きなマスクをしているので、はっきりとはわからないが、三〇前後だろう。

軽く頭を下げて、隣に腰を下ろす。

座席が、斜めに設計されているので、視線は窓の外に向くようになっていて、隣という感じはない。

その気になっても、声をかけにくい。

すぐ、品川駅着。

発車すると、隣席の女は、席を立った。

真ん中の、4号車が、カフェテリアになっているから、そこへ行ったのかもしれない。

管野は、コーヒーが飲みたくなって、席を立った。

4号車に向かって、通路を歩く。緊急事態宣言は解除されているが、この列車が、全席指定のせいか、八〇パーセントくらいの混み具合である。

4号車に着くと、まず車内を見廻《みまわ》した。

数人の乗客が、ばらばらに腰を下ろしている。

女は、真ん中あたりの席にいた。

コーヒーを前に置いて、窓の外を眺《なが》めている。

管野は、少し考えてから、コーヒーを持って、女の近くまで行って、腰を下ろした。

「こんにちは」

と、声をかける。

女は、黙って、ニッコリする。

管野には、その女が、敵か味方かわからない。というより、敵の正体が、わかっていないのだ。

　三年前、友人に誘われて、マネーゲームで遊んだ。政治家志望の、木村は、静岡県選出の、元首相の畑山と、大臣の高橋を、経済的に助けた。

　畑山の最大の後援者である太平洋商事の株価を上げてくれと、懇願《こんがん》された。当時T銀行の静岡支店長だった管野は、半分、友人の頼みに耳をかたむけながら、生まれて初めてのマネーゲームを楽しんだ。

　そうした無責任さと、父の遺産五億円を、惜《お》しげもなく注《そそ》いだことと、それにT銀行静岡支店長の肩書が、うまくマッチした最初の頃、驚くほど、金が集まった。

　それを、管野は、今はやりのファンドに注《つ》ぎ込んだ。

　一〇〇億円ファンドが成功し、続いて集める金額を倍にした二〇〇億円ファンドも、成功しそうだった。

　そのファンドを、使って、まず太平洋商事の株を買い続けた。

　そのため、一八〇円まで下落していた太平洋商事の株価は、たちまち五〇〇円に戻った。

　勢いにまかせて、管野は、木村の勧《すす》める政治家の妻の関係している会社の株を、調べもせずに、買いまくった。

　さすがに、これは失敗した。

　二〇〇億円ファンドは、消えてしまった。

それでも、管野は、無一文《むいちもん》になっても、けっこう楽しかったのだ。

ところが、二〇〇億円ファンドに投資した静岡県民のうち、三家族が自殺したり、一家心中したりという悲劇が生まれた。

ふつう、経済犯罪は、罰金刑で、執行猶予がつくのだが、死者が何人も出て、検察も無視できなかったのか、予想外の二年半の実刑になってしまった。

それでも、管野は、別に落胆《らくたん》もしなかったし、誰を、恨《うら》むこともなかった。

それより、マネーゲームの壮快さに、酔っていたといったほうが、いいかもしれない。

父の五億円の遺産が、消えた後も、別に口惜《くや》しくはなかった。自殺した人々への香典と思えば、安いものだと思ったりした。

二年半の刑務所暮らしも、仕方がないと思った。

そして、出所。

友人の木村は、申し訳なかったといって、一千万円を用意してくれたから、出所したら、しばらく、遊べるなと、呑気《のんき》に考えていたくらいである。

2

ところが、出所した翌日から、管野の身辺で、奇妙な事件が、次々に、起きた。

まず男一人が死に、続けて二人の女が死んだ。二人とも、管野と関係のあった女性である。二件は、事故として処理され、もう一人は、殺人の動機がよくわからずにいる。

管野は、こんなことは、全く予想しなかった。

彼が、出所する時に想像したのは、全てが終わったということと、これから後のことは、出所したら考えようということだった。

三年前、盛大なマネーゲームをやって、成功しかけたが、結果的に失敗した。

そのため、自殺者まで出した。しかし、管野自身は、貸し借りなしの気持ちだった。何故なら、マネーゲームの主役だった自分は、五億円を使い切り、その上、二年六カ月の刑務所暮らしを送ったからである。

それに、確かに、三家族の悲劇、自殺者と、一家心中を生んだが、彼らだって、一攫千金《いっかくせんきん》を夢見て、管野の作ったファンドに出資したのである。

だから、いい方は、おかしいが、軽い気持ちで出所したのである。

歓迎はされないかもしれないが、非難もされないだろうと思っていた。

それが違っていたのだ。

何者かが、管野を、憎んでいる。少なくとも、邪魔だと考えているのだ。

いや、もっといえば、殺そうと考えているらしいと感じてきた。

ただ、その相手が、見えないのだ。姿が見えないだけではない。その敵が、何故、管野を邪魔にしているのか、その理由が、わからないのである。

こうなると、管野という男は、突然目覚めてしまうのだ。

自分でも、躁《そう》うつだと思っている。マネーゲームに熱中して、自分の五億円を使い切っても、笑っていたのは、躁の時だったのだ。

出所後は、多分に、うつの気分だったが、自分が、狙《ねら》われているらしいと思うと、突然、躁になった。

出所後は、好きな女と、大人しく過ごそうかと考え、その一人に、修善寺の多恵を考えたりしていたのだが、それが駄目《だめ》になった。

そうなれば、相手と戦ってやるという躁の状態で進むより仕方がない。

じっとしていても、敵が現われるかどうかわからないので、管野は、自分から出て行くことにした。

躁だから、動き出すと、止まらないのだ。

3

今、眼の前にいる女が、敵かどうかわからない。敵かもしれないし、ただの行きずりの女かもしれない。

だが、敵と思って、近づこうと決めた。こんなところが、間違いなく、躁なのだ。

「私の名前は管野慎一郎。やっと、緊急事態宣言が解除になったんで、伊豆へ遊びに行くつもりですが、あなたは？」

と、声をかけてみる。

「そうですか」

と、女は、微笑するが、それでは会話にならない。

（間違ったか）

と、思った時、管野のスマホが鳴った。

友人の木村からだった。

仕方なく、車両から出る。

「大丈夫か？」

と、いきなり、木村が、きく。

「何が？」

「おれは、今、大物の政治家の秘書をやってる」

「ああ、聞いてる。君は政治家志望だから、願ったりだろう」

「それが、今日、いつものように、出勤したら、突然、馘《くび》をいいわたされた」

「どうして？」

「理由をいってくれないんだ。とにかく、馘だといわれ、呆然《ぼうぜん》としている。何かおかしいんだ。それで、管野のことも心配になって、電話したんだが、何もないか？」

「うーん」

どう返事したらいいか、わからなくて、管野は、唸《うな》った。

「大丈夫か？」

「また、電話する。その時、会う時間を決めたい」

「そっちも、何かあったんだな？」

「今は、うまく、説明できない状況なんだ」

管野は、自分から、電話を切った。

4号車に戻ると、女は、同じ席で、伊豆半島の観光地図を見ていた。

「伊豆下田ですか。それとも、修善寺？」

「下田までの切符は買ったんですけど、熱海で食事をしようかと。でも、熱海に、詳《くわ》しくないんです」

「それなら、私が、ご案内しますよ。熱海に詳しいから」

「そんなこと――」

「私もね、ちょうど、腹が空《す》いてきて、終点の下田までもちそうもなくてね」

と、いってから、管野は、

「次は、熱海ですよ。降りましょう」

と、誘った。

4

緊急事態宣言解除と、ＧｏＴｏキャンペーンで、熱海の街は、人が多かった。

三年前、Ｔ銀行静岡支店長として、マネーゲームに夢中だった時、二〇〇億円ファンドに、一番出資してくれたのが、熱海の人だった。

商店街を歩きながら、

「どんなものが、いいですか？」

「そちらの行きつけの店で。私、熱海には、詳しくないので」

と、同じことをいう。

「私がよく行くカフェがあるんです。レトロ調の店で、三島由紀夫《みしまゆきお》が愛したハンバーガーを食べさせるんです。そこでいいですか？」

「三島由紀夫、好きです」

「じゃあ、そこへ行きましょう」

管野は、意識して、女の手をつかんだ。

女は、拒否しない。

男好きか、それとも危険な女なのか。

管野が、案内したのは、レトロで有名なカフェ。店の名前は、ボンネットである。

店全体が、レトロ調だが、今の若者には、向かないのか、昼時なのに、店内はすいていた。

女は、管野がすすめるハンバーガーを注文し、管野自身は、二人前を食べた。

今のところ、管野に誘われたことを、嫌《いや》とは思っていないように見えるが、ただ、それだけかもしれない。


こうなれば、相手の正体が、わかるまで付き合わなければならなくなった。

「次に何処《どこ》へ行くかは、君が決めてくれ」

と、管野は、いった。

全く関係のない女なら、ここで、おさらばだろう。

しかし、女は、

「修善寺に行ってみたい」

と、いった。

(やっぱりか)

と、思う。

だが、誰とつながりがあるのか、まだ、わからない。

「どうやって行く？　修善寺は近いが、行きにくい」

「タクシー、呼びましょう。一番早いから。ご馳走《ちそう》になったお礼に、私が呼びます」

女は、少し離れて、電話していたが、傍《そば》に戻って来ると、

「GoToのおかげで、タクシーが出払ってるんですって。少し遅れるけど来るわ」

と、いった。少しだが、口調がなれなれしくなった。
一五、六分して、個人タクシーが到着した。
修善寺に向かって、走り出す。

「今日は、タクシーは大忙しみたいだね」

と、管野が、運転手に声をかけた。

「最近のお客さんは、歩かなくなりましたからねえ。おかげで、こっちはありがたいんだが」

運転手は、笑ってから、

「のどが渇《かわ》いてたら、冷たい飲み物、ありますよ」

と、助手席に置かれた小さい冷蔵庫から、瓶《びん》を二本取り出して、女に渡した。

その片方を管野に渡して、女は美味《うま》そうに、飲んでいる。つられて、管野も、のどに流し込んだ。

そのあと、しまったと思ったが、遅かった。

急に、眠気に襲われ、抵抗できなくなった。

強い睡眠薬だった。

どのくらい眠ってしまったか、もちろん、記憶にない。

目覚めた時、タクシーは停《と》まっていた。

運転手は、車の外に出て、景色を眺めていた。

隣に座った女は、

「よく、眠ってらしたわ。もう、修善寺ですよ。運転手さんは、修善寺の何処へ行ったらいいかわからなくて、車の外で、あなたが起きるのを待ってます」

「今、修善寺の何処だ？」

「独鈷の湯の近く」

「じゃあ、降りよう」

と、管野は、いった。

「大丈夫ですか？」

「多分、大丈夫だ」

管野は、車の外に出た。一瞬よろけたが、足踏みをすると、頭も、身体《からだ》も、シャキッとした。

「少し歩こう」

と、管野は、いった。

女は、運転手に料金を払い、タクシーは引き返していった。

歩き出すと、周囲の音も耳にはっきり聞こえてきた。

確かに、すぐ、独鈷の湯が見えてきた。

ここも、かなりの人出である。

独鈷の湯に着き、二人は、橋の欄干《らんかん》にもたれて、独鈷の湯を見下ろした。

誰がいるのか、囲いの中から若い女の笑い声が聞こえてくる。

橋の上からは、やたらにシャッター音が、聞こえる。

(のどかだな)

と、思い、管野は、一瞬眼をつむった。

眼を開ける。
女が、人混みにまぎれて、いなくなっていた。
追いかける気はなかった。
ただ、不思議《ふしぎ》だった。
彼女が、敵側の女だったら、いったい何をしに近づいてきたのか。
(睡眠薬入りの飲み物を飲まされた)
しかし、何のために?
(何か、所持品を、盗まれたか?)
管野は、あわてて、全てのポケットを調べてみた。
何も、盗まれていなかった。

腕時計
財布と中身の現金
運転免許証
スマホ
ビジネスホテルの部屋の鍵
ハンカチ

全て、無事である。
何か拍子抜けした気分になった。
管野は、歩きながら、スマホで、友人の木村更三にかけた。
今日、久しぶりに、彼から電話があったのを思い出したのだ。
木村は、すぐ、電話に出ると、
「大丈夫か」
と、きいてくる。

「別に何ともないよ。今、修善寺にいるんだが、久しぶりに会いたいな」

と、管野がいった。

「じゃあ、午後六時でどうだ。伊豆なら、何処がいい。こっちは、何処でもいい」

「それなら、伊豆下田の清風荘へ来てくれないか。おれも、これから、清風荘へ行く」

と、管野は、いった。

「わかった。必ず行く」

木村が、電話を切った。

そのあと、管野は、しばらく、修善寺の街を散策して、下田に向かった。

清風荘の女将、松村久美子には、どうしても会いたかったので、朝、出かける時に、予約を取ってあった。


久美子は、失業中の管野に、しきりに、畑山元首相に会えとすすめたり、事故死した息子のスマホを取りに来た自称母親と平気で出かけたりしている。

管野は、そんな行動を心配していたのだが、どうやら、彼が、心配するのは、的外《まとはず》れだったらしい。

松村久美子は、管野が心配するような、弱い立場にいるわけではなく、例《たと》えば、管野に、失業しているのなら、畑山元総理に相談したらいといった。あれは、単なる儀礼的な言葉ではなく、ひょっとすると、彼女自身、政界と強い結びつきを持っているのではないかと、思うようになった。

そんな疑惑を抱《かか》えながら、伊豆下田の旅館清風荘に入る。

女将の松村久美子は、いつもの笑顔で、迎えた。

昨日までなら、「変わらぬ笑顔」というのだろうが、今日は、何となく、不気味な笑顔に見えてくる。

「いらっしゃいませ」

と、頭を下げたあと、ちょっと声を落として、

「久しぶりに、――ちゃんを呼びましょうか」

と、三年前に、管野が、時々、声をかけていた近くのクラブの女の名前を口にする。

そんな時、軽く、管野の手を握る。三年前は、心地《ここち》よい女のこびに感じたのだが、今日は、久美子が、――ちゃんをある意味があって、押しつけたのではないかと、疑ってしまうのだ。

「今日はいい。それより、木村君、来ている？」

と、きいた。

「もう来ていらっしゃって、ロビーで、お待ちですよ」

と、久美子は、いってから、

「――ちゃん、寂しがってますよ」

と、管野の背中に向かって、しつこくいった。

ロビーの奥に、木村がいた。

出所してから、初めて会う。木村のことも心配していたのだが、どうやら、好きな政界で、活躍しているらしいと知って、安心していたの

である。

「久しぶり」

と、同じ言葉を交わしてから、管野のほうから、

「電話の話は、本当なのか？」

「おれも、いまだに、わけがわからないんだ。朝、いつものとおりに出勤したら、いきなり、いわれてね。君の仕事は、もう終わったからといわれたんだ」

「抗議はしなかったのか？」

「政治家の私設秘書というのは、一見華やかだが、正式に雇用契約を取り交わしているわけでもないからね。それに、秘書の団体にも入っていなかったからね。もちろん、退職金もなしだ。それより、おれは、君のことが、心配だった。おれが、こんな目にあってるとすると、君も、何か、ひどい目にあってるんじゃないかと思ってね」

「実は、今日、ひどい目にあった。たまたま知り合った女に、睡眠薬を飲まされて、少なくとも、一〇分くらいは眠ってしまった。修善寺に行く途中だ」

「何か、盗まれたのか？」

「それがさ、いくら調べても、何も盗まれていないんだ。だから、女が、何のために、睡眠薬入りの飲み物を飲ませたのか、わけがわからないんだよ」

と、管野は、いった。

「しかし、何の目的もなく、睡眠薬を使うなんて考えられないな」

「同感なんだ。しかし、いくら調べても、何も盗まれてないんだ。強《し》いていえば時間かな」

「誰かに会うことになっていて、睡眠薬入りの飲み物を飲まされたために、その約束に間に合わなかったということはなかったのか？」

　と、木村が、きいた。

「それは、全くない。ただ、周囲の反応を見るために、旅行に出たわけだから」

「うーん」

　と、木村は、考え込んでいたが、

「一〇分くらいだな?」

「深く眠っていたのは、一〇分くらいだと思う」

「つまり、そのくらいの時間で、やれることを犯人は、やったんだと思うな」

「そんなことが何かあるかな？」

「一つだけ考えられるのは、君のスマホだよ」

「いや、スマホは、盗まれてないよ」

「そうじゃなく、録音されているものがあるだろう」

「出所して短いが、保証人にも見せたり、聞かせる必要があるから、他人との話は、スマホの中に保存しているよ」

「それを犯人は自分のスマホに移したんじゃないかな。今の機械は優秀だから、あっという間に引き移すことが可能だからな」

　と、木村は、いう。

「なるほどな。三年前の携帯は、そんなことは、考えられなかったがな」

「これで、はっきりした」

と、木村は、いった。

「何が？」

「君は、警戒されてるんだ。何とかして、君が何を考えているか、何をしようとしているか、知りたいんだよ」

「おれは、何も考えてないよ。一時、マネーゲームに熱中して、T銀行静岡支店長の地位を利用して、一〇〇億円ファンドとか、二〇〇億円ファンドを作って、金集めに走り廻った。最初は、成功したかに見えたけど、結局、失敗して、多くの被害者を出した。そんな男だよ」

「しかし、太平洋商事を、再建したじゃないか。株価も五〇〇円に戻って、プラス成長になっているんだ」

「それが唯一《ゆいいつ》の功績みたいだが、太平洋商事が、何故再建したのか、おれにはよくわからないんだ」

「それはファンドで集めた資金を、まず、太平洋商事に注ぎ込んだからだよ。太平洋商事は、もともと、営業成績は、悪くなかったんだが、その時、社長が、子会社に、資金を注ぎ込んで、親会社の太平洋商事が危なくなったんだ。だから、子会社を切り捨てる勇断が、必要だったのに、社長は、それをしなかった。それが、経営悪化で、株価が、一八〇円にまで下がった理由なんだ。その時に、君が、太平洋商事に高額融資を決断し、社長に、赤字の子会社を切り捨てることを迫ったんじゃないか。それで、太平洋商事が、救われ、今も元気なんだ」

「ちょっと、待ってくれ」

と、管野はあわてて、木村の言葉を、さえぎった。

「おれは、そんなこと、太平洋商事の社長にいってないぞ」

「え？」

「おれは、ただ、すすめられるままに、太平洋商事に融資しただけだ」

「しかし、あの頃、『静岡経済』という地元新聞が出ていて、それには、君が、太平洋商事の社長に迫り、東京の子会社を、切り捨てたので、太平洋商事は、救われたと書いてあったぞ」

「その新聞は知っているが、おれは読んだこともないんだ」

「初めて聞いたよ。まあ、ともかく、おかげで、太平洋商事は救われたんだ」

「太平洋商事だけだよ。高橋康正国務大臣の奥さんがやっていたベンチャー企業は、見事に潰《つぶ》れたじゃないか」

「あの企業は、高橋夫人の放漫経営で、潰れるのは、当然だったんだ。われわれの責任じゃない」

と、木村は、強い口調で、いった。

「確か、高橋康正は、現在も、国務大臣だろう」

「それも、コロナ担当だ。たいへんな激務だが、うまく務めれば、国民の信頼を集められる、張り切ってるよ」

「他に、畑山元首相の長男がいたな。おれたちのマネーゲーム時代には、静岡にいなかったが」

「アメリカにいたんだ。東大→ハーバード卒というやつだよ」

「しかし、直接、おれたちとは関係ないな。帰国して、政界への出陣のお披露目《ひろめ》は、最近だからね」

管野が、いうと、木村は、

「それが、いろいろ調べてみると、少し違うんだ」

「どう違うんだ？」

「畑山元首相の長男、畑山敬介は、ひそかに何回か、帰国して、静岡に来ているんだ。おれたちが、マネーゲームをしている時も、君が刑務所に入っている間にもだ」

「何故、そんなマネをする？」

「政界とのコネを作るのは、早ければ、早いほどいいからね。それに、父親の畑山元首相だって、七七。必ずしも、頑健《がんけん》とはいえない。父親としては、自分が生きていて、力がある間に、政界の有力者と、息子の間に、コネをつけておきたい。それで、時々、帰国させていたというんだ。ところが、おれたちが、マネーゲームで、引っかき廻しているので、大げさに帰国できずに、ひそかに帰国させて、将来、息子の敬介氏の力になりそうな政界人、実業人に会わせていたというんだ。記憶はないんだが」

と、木村が、いう。

「何故、そんなこと、知ってるんだ？」

管野が、きいた。

木村は、笑って、

「おれだって、君と一緒にマネーゲームに夢中になっていた時は、大臣の高橋康正や、奥さんのことは、よく知っていたが、畑山元首相の息子のことまでは、何も知らなかった。ただ、その後、政治家の秘書になって、いろいろわかってきたのさ。おれたちの知らない政治のカラクリがだ」

「しかし、おれは、畑山元首相の名前だけは知っていたが、その息子のことは知らなかったし、関係なかったろう」

「それが、そうじゃないんだ」

と、木村は、いうのだ。

「どんなふうに、関係するんだ？」

「今、いったように、畑山は、息子の敬介を、時々、帰国させて、有力政治家や実業家に会わせていた。コネ作りだよ。だが、ただ会わせるわけにはいかない。おみやげが、必要だ」

「金か」

「そうだ。それも、一〇〇万単位の金だ」

「それで、少しずつわかってきた」

と、管野が、いった。

「おれたちの儲《もう》けた金が、知らないうちに、使われたか」

「別の名義を使ってだよ。例えば、高橋大臣の奥さんのベンチャー企業に融資して、ことごとく、失敗した。とにかく、穴だらけの企業だから、仕方ないんだが、全ての融資が、失敗だったわけじゃなかったんだ」

「つまり、畑山元首相の息子を、売り込むためのおみやげに使われたこともあるということか?」

「そうだ」

「当然、高橋大臣も承知の上だな」

「だから、今でも、高橋家と、畑山家は、仲がいい。将来、畑山の息子敬介氏が、首相にでもなった時には、高橋康正は、同じ派閥の王様になっているんじゃないかね」

と、木村は、いう。

「高橋夫人も、それを承知だったということか」

「そうだろうな」

「確かに、高橋夫人は、聡明なのに、あまりにも商売が下手《へた》で、融資金を、あまりにも簡単に、ドブに捨てるので、おかしいとは、思っていたんだがな」


と、管野は、笑った。何も知らなかった、自分への笑いでもあった。

「他にも、おれの知らないことがあるか?」

と、管野が、きいた。

木村は、一息つくように、コーヒーを口に運んだ。

「実は、今話したことは、本命じゃないんだ。君に話したいことは、別に、あるんだ。ただ、証拠はない。おれの想像だから、そのつもりで聞いてくれ」

「今の話だって、相当びっくりしたよ」

「これから、君に話すことは、もっと、根本的なことなんだ」

「それは、おれにとってということか?」

「もちろんだよ。他の人間についての話なら、わざわざ、ここに会いに来たりはしないよ」

「ちょっと待て」

と、管野は、手をあげて、

「おれが、二年六カ月、刑務所に、入っていたことに、関係があるのか？」

「刑事犯として、裁判にかけられ、君だけ何故、二年半の実刑を受けたと、思っているんだ？」

「もちろん、おれの作ったファンドで、大損をしたために、三人の自殺と、家族心中があった。検察としては、経済犯ではなくて、刑事犯として、裁判にかけ、二年六カ月の実刑を科さなければ、正義が守られないと考えたと聞いている」

と、管野は、いった。

別に、不当裁判とは、思わなかった。何人もの人間が、死んでいることは、事実だからである。

「これは、あくまでも、おれの推測だということは承知の上で、聞いてほしい」

と、木村は、何度も繰り返した。

「ああ、聞かせてくれ」

「三年前、おれたちは、バブルで破壊された静岡県内の経済の建て直しを頼まれた。おれも、君も、静岡の生まれ育ちだったし、マネーゲームを面白がっていた。君は、現実に、T銀行の静岡支店長だったし、父親からの遺産五億円を持っていて、それを使って、何か大きなことをやりたがっていた。君の気持ちは、これでいいか？」

木村は、管野を見た。

「それでいい。おれは、もともと、あまり、金には、執着心がないし、おやじの遺産は、突然、手に入ったもので、現実感がなかったんだ」

「おれたちは、期待され、同時に、おだてられた。その中には、静岡県出身の政治家も実業家もいた」

「最初は、うまくいったんだ」

と、管野は、三年前を思い出しながら、いった。

「そうだよ。理由は、君の五億円があったし、静岡県人は、全員が、おれたちに期待していたからだ。それに、君の考えた一〇〇億円ファンドも、人々には、新鮮に見えたんだと思う」

「出資者が多くて、たちまち、一〇〇億円ファンドが出来あがった。おれたちは、気を良くして、二〇〇億円ファンドを新しく始めたら、それも、たちまち出来あがって、おれは、金を集めるのが、こんなに簡単かと、自分で驚いていた」

「それから、融資先探しが、始まったんだ。最初は、太平洋商事だったが、あれは、どんな理由で、決まったんだったかな？」

と、木村が、ナゾナゾでも楽しむような顔をする。

最初の成功の時の話は、今でも楽しい。

「あれは、相手が、大きいので、確か、T銀行の本店が決めたんだ。おれたちは、もっと、身近な中小企業への融資から、始めたかったんだが」

と、管野は、いった。

「T銀行と、畑山元首相が、親しいというのは、最近、知ったんだよ」

と、木村が、いう。それも、秘書をしている政治家が、コロナ対策大臣になって、知ったのだと、木村は、いった。

「今から考えると、最初の融資先は、太平洋商事と決まっていたんじゃないかと思う」

「高橋夫人のベンチャー企業もだという気がするが」

「そうだな。高橋夫人のベンチャー企業に、融資したと見せかけて、実は、畑山敬介のコネ作りの手みやげになっていたことは、今、君に教わった。君は、今もそのとおりと思っているのか?」

「そう確信している」

と、木村は、肯《うなず》いた。

そのあと、少し間を置いてから、木村は、じっと、管野を見つめて、

「これからが、今、一番、君に、話したいことなんだ。君にとっては、辛《つら》い話になるが、黙って、聞いてくれ。それは、何故、刑事事件の被告になり、君一人だけ、二年半もの実刑を受けたかの真相だ。知りたいか?」

と、きいた。

「もちろん、知りたいさ。知り合いの娘が、事故で、夜の芦ノ湖で死んだが、その理由も知りたい」

「旅館お多福の多恵のことか」

「どうしても、身体の丈夫な多恵が、夜、芦ノ湖で泳いで、心臓発作で死んだというのが、信じられないんだ」

「その点についても、おれは、充分信用できる話を聞いているので、今日話す」

と、木村は、いった。

5

木村はまた話し始めた。

「おれたちが、マネーゲームに破れた時、意外に、敗北感はなかった。多分、君も、同じだと思う。ところが、刑事事件で起訴されて、おれは、驚いた。経済事件で、損害を与えて、刑事事件で、起訴されることなどあり得ないと思ったからだ。

だが、検察は、今回のマネーゲームで、三人の自殺者や、心中事件が起きているので、責任者を刑事事件の犯人として、起訴せざるを得ないと発表した。

マスコミは、自殺あるいは心中事件を取りあげた。『欺《だま》されて無一文になり、心中する他ない』という遺書があった、という証言も公表された。

君に欺されたという証言も出ると、人々は、一斉に、君を非難し始め、刑事事件は当然だ、重刑を科せと、叫び始めた。

おれたち、無実を信じるグループで、勝てる弁護士を探して、裁判の準備をした。しかし、おれたちは、敗れ、君の二年半の実刑が決まってしまった。

面会に行ったおれたちに向かって、君は意外にも元気で、何人もの自殺者、一家心中を出したのだから、刑を受けるのは、当然と、いった。二年六カ月の服役に、本当に文句はなかったのか？」

と、木村がきく。

「正直、文句はなかった。マネーゲームに巻き込まれて、犠牲者が出ているのは、事実だったし、マネーゲームを始めたのは、おれたちだからな。ただ――」

「ただ、何だ？　正直な気持ちをいってくれ」

と、いって、木村は、じっと、管野を見つめた。

「入所後、何通か手紙が来た。批判の手紙ばかりだったが、一通だけ、変な手紙が来たんだ。カタカナばかりでね。おまえはバカだ。利用されたことに気がつかないバカだと書いてあった。おれは、自主的にやったことで、だから、失敗しても後悔しなかった。何も知らないで、馬鹿なことをいうなと思ったんだが、何故か、あの手紙が気になってね」

「その手紙の主に、思い当たることはないのか？」

「最初は、一緒にマネーゲームをやった仲間の一人かなと思った。しかし、そうなら、そいつも何者かに利用されたわけだから、バカがバカを笑うのは、おかしいと思ってね。違うと思った」

「その手紙は、今も持ってるんなら、見せてくれ。何とか、何処のどいつか、正体を見つけてやるよ」

と、木村が、息まく。

「残念ながら、もう捨ててしまったが、文章は覚えているから、あとで、書いて渡すよ。調べられたら調べてくれ。書いた人がわかったら、会いたいんだ」

「会って、どうするんだ？　文句をいうのか？」

「いや。ただ、あんな手紙を書いた理由を聞きたいだけだ。それより、君の話を続けてくれ。正直にいうと、ここに来て、全て、おれの責任という気持ちが、薄れているんだ」

「それはいいことだよ。おれたちは、ただ利用されただけじゃないかと、おれも考えるようになっているんだ」

「おれたちを利用したのは、政治家たちや、実業家の連中だろうが、顔が、よく見えて来ないんだがね。まあ、半分は、マネーゲームに熱中して、周囲を見ていなかったおれたちにも責任があるとは、思っているんだが」

「最初から、問題があったんだと思っているんだ」

と、木村は、いった。

「最初からというのは、どういうことだ？」

「三年前、静岡県の経済界は、完全に沈滞していたと思う。最大の企業である太平洋商事は、完全に、勢いを失って、五〇〇〇円の株価が一八〇〇円まで下がっていた。気息奄々《きそくえんえん》たる状況だった。そのため、一番困っていたのは、実は、静岡県出身の政治家たちだったんだ。そのことにおれたちは、気がつかなかった。静岡県出身の政治家たちは、実業界からの政治献金が少ないことに悩んでいた。何といっても、政治の力は金だからね。どんなに立派な識見を持っていたって、それを実現するためには、派閥の長になって、同志を集めなければならないし、そのためには、金が必要だが、経済が冷え切っていては、金は集まらない。だから、静岡出身の政治家、畑山元首相や、高橋康正たちは、皆、困っていた。そんな時に、君が現われたんだ。五億円の自由になる大金を持ち、その上、T銀行の静岡支店長だ。静岡県の政治家には、君が、神々《こうごう》しく見えたんじゃないかな。だから、一斉に、君に近づいて来た」

「それは、感じていた。畑山元首相、高橋国務大臣、その夫人、それに、その対抗派の政治家もね。彼らは、どんな協力も惜しまないと、いってくれた。おれたちの一〇〇億円ファンドに、T銀行の本店は、最初、反対だったが、急に賛成してくれた。あれは、多分、畑山元首相たちが、T銀行に圧力をかけてくれたからだと思うが、その時は、そうしたことには、気がつかなかった。おかげで、一〇〇億円ファンドも、二〇〇億円も成功した」

「二人で、祝杯をあげたじゃないか」

「そうだ。そして、バカだから、自分たちを、栄光あるマネーゲームの勝者だと、これで、何でも可能だと思い込んだんだ」

「政治家たちは、逆に、これは、危ないなと思ったに違いないんだ。自分たち中心に考えてだ」

と、木村。

「わからなかったなあ。政治家の連中は、おれたちを、経済の天才とか、風雲児《ふううんじ》だとか、賞《ほ》めちぎっていたからな」

「その裏で、集めた金を、おれたち素人《しろうと》が、ゼロにしない間に、何とかして、取り上げてしまおうと、必死になっていたんではないかと、今は考えている」

「今になれば、高橋夫人のベンチャー企業への融資から、その多くを抜かれていたのは、君に教えられたが、他にも、同じようなことが、あったのか？　いや、あったんだろうね。今から考えると、おれたちの計画が、突然、崩れたことがあったからな」

と、管野は、当時の状況を考えながら、喋《しゃべ》った。

木村は、肯いた。

「おれも、今、必死になって、その点を調べているんだ。おれが、突然、秘書を辞《や》めさせられたのは、ひょっとすると、おれが、三年前のあのマネーゲームの件を調べ始めたからじゃないかという気が、するんだ。君も、用心してくれよ。君のほうが、おれより、マネーゲームの中心にいたからな」

と、木村は、いった。

「おれは大丈夫だ」

「どうして？」

「おれはケンカ馴れしている」

「本当か」

「大学時代、おれは、ボクシングをやっていた」

「それはケンカ馴れしているのとは、別だろう」

「いや。あの頃、無性《むしょう》に、自分が、どのくらいケンカが強いか知りたくてね。と、いって、やみくもに、ケンカを売るわけにはいかない。だから、日曜日になると、わざと、ちょっと派手目な恰好《かっこう》をして、渋谷駅に行って、一日中、座っていた。自分からは手を出さないが、眼障《めざわ》りだと、手を出してくる奴とは、真面目《まじめ》にケンカをした」

「ケンカを売ってくる奴は、何人くらいいたんだ？」

「一日、二、三人かな」

「そんなに、いるのか？」

「いらいらしている人間が、やたらにいるのが、わかった。爽快だったよ。殴《なぐ》るというのは、快感だよ」

「しかし、君は、大学時代に、ボクシングをやっていたんだろう」

「だから、必ず、先に一発殴らせることにしていた」

「それで、結果は、どうなったんだ？」

「そのうちに、おれの顔を見ると、みんな逃げ出すようになって、やめたよ」

管野が、笑った時、彼のスマホが鳴った。

管野が、出る。

「管野さん」

と、泣くような男の声が聞こえた。

「久間か?」

「すいません。電話なんかして。サヨウナラ」

それで、電話が切れた。

第六章　敵と味方の顔

1

「久間征信を捜してくれ」

と、管野が、木村に、いった。

「久間って誰だ？」

「『ケラケラウイーク』という、雑誌の編集をやってた男だ」

「それなら知ってる。最近、突然、まじめな特別号だかを出して、たちまち、馘《くび》になった男だろう？」

「ああ、そうだ」

「そんな男を捜して、どうするんだ？」

「一号だけだが、あいつは、必死で特別号を出したんだ。気が小さい男だから、命がけだったと思った。おれは、そういうのが好きでね。命がけで守ってやると約束した。そいつが、さっき、突然電話してきて助けを求めたが、電話は切れてしまった」

「じゃあ、その気は、なくなったんだよ。そんな奴《やつ》のことは、忘れろ。どうせ、碌《ろく》な奴じゃない」

「だが、約束したんだ。おれは、二年半刑務所暮らしだったんで、ああいう男が、シケ込む場所が、わからないんだ。だから、頼みたい」

「物好きだな」

「とにかく、捜してくれ」

「わかった。見つけたら、本人に電話させる」

と、木村は、約束してから、

「これから、おれのマンションに来ないか。面白いものを見せてやる」

と、いう。

「面白いって、何だ？」

「君を、刑務所へ放り込んだカラクリだ」

と、木村は、いった。

「しかし、久間を早く助けてやらないとな。約束だから」

「そっちのほうは、おれが引き受けた。久間みたいな連中の溜《た》まり場は知ってるから、すぐ見つけられると思う。それより、どうしても君に見せたいものがあるんだ。おれたちは、見事に、連中にはめられたんだよ。君だって、刑務所に行く必要はなかったんだよ。刑務所に行く人間は、別にいたんだ。おれは、それを見つけた。だから、誰よりも、それを君に教えてやりたいんだ」

木村は、熱っぽく訴えてくる。管野も、つい聞きたくなる。

木村のマンションは、浜松駅近くにあった。最近造られた高層マンションの二五階にあった。

「豪邸だな」

と、管野が窓からの展望を楽しみながらいうと、木村は笑って、

「おれが、秘書を馘になったので、間もなく追

い出されるんだ」

と、いった。

広いリビングルームの隅《すみ》に作られたホームバーで、管野にバーボンをすすめながら、

「まず、ちょっと、びっくりするものを見てもらう」

と、いい、頑丈《がんじょう》な金庫から、手紙の束《たば》を取り出してきて、テーブルの上に置いた。

どれも部厚い封筒である。

ボールペンで書かれたものもあり、毛筆のものもある。

「読まなくても、わかっているよ」

と、管野は、手も出さずに、いった。

「おれたちの計画が失敗し、何人もの自殺者が出た。その遺族が、おれ宛《あて》に書いた恨《うら》みの手紙さ。それを大新聞が取り上げ、検察が取り上げ、おれが、刑務所に入るキッカケになった手紙だよ。だが、今さら、おれが恨んだって仕方がない。事実なんだからな」

「いいから、もう一度、読んでみろよ」

と、木村が、すすめる。

「今なら、落ち着いて読めるかもしれないぞ」

しつこくいうので、管野は、その中の一通を手に取った。

差出人の名前も、文章も、今でも、はっきり覚えている。

静岡市内で、パン屋をやっていた細川正徳《ほそかわまさのり》三五歳。

三代続いて、おいしいパンを作るので評判の店だった。妻と五歳の子供が、いた。

それが、管野たちの作ったファンド騒ぎに巻き込まれ、一攫千金《いっかくせんきん》を狙《ねら》って投資した。やがて失敗し、無一文《むいちもん》になり、いや、多額の借金を作り、代々続いたパン屋を手放し、自殺した。その家族が、管野宛に、書いた手紙である。

「今でも、読むことができない。ムリだよ」

「しかし、少し違った感じを受けたんじゃないか。少し違った感じだよ」

と、木村が、しつこく、いう。

「いや、恨みの言葉は、今でも、はっきり覚えている。店を失って、主人が、どんなに呆然《ぼうぜん》としているか。自殺しないかと心配していたら、朝食のあと突然、三階のベランダに飛び出して行って、飛び下り自殺したという。今も、読めないよ」

「それは、わかる」

「わかったら、今さら、おれに読ませるなよ」

「よく見ろ。手紙の宛名だ」

「宛名？」

「一〇〇億、二〇〇億のファンドの代表、管野宛になっていないんだ。ファンド宛にはなっているが、個人名はない。それが、もともとの投書なんだ。それを、わざと、ファンド代表、管野慎一郎宛に書き変えてあるんだ」

木村が、いう。

管野の表情が、少しずつ変わってきた。

「誰が、そんなマネをしやがったんだ？」

「いいか。おれたちは、完全に利用されたんだ。ファンドがうまく動いて、金が集まっていた時は、政治家や、古い実業家や、文化人まで、ファンドの代表は、自分たちだみたいな顔をしていた。ファンド代表の名刺を作った奴もいたし、その名前で、個人的な借金をした奴もいる。それがファンドがうまく動かなくなった途端に、いっせいに逃げ出した。逃げ出しただけじゃない。責任を集中させる者を作り上げた」

「それが、おれか」

「おれたちだ。ただ、君は、五億円を持ち込んだから、一番の責任者にしやすかったんだ。だから、ファンド宛に来た全ての投書の宛名を『ファンド代表　菅野慎一郎』宛に変えた。おれたちは、全く、それに気づかずにだ」

「必死になって、最後の資金集めに、奔走《ほんそう》していた」

「おれたちは、バカとしかいいようがない」

「具体的に、誰が、やってたんだ？」

「T銀行静岡支店内、一〇〇億ファンド事務所、二〇〇億ファンド事務所。その代表者名だって、最初は、政治家の関係者の名前だったが、最後は、君の名前になっていたんだ」

「誰がやったか、想像はつく」

「どうする？」

「もちろん、戦うさ」

「大変だぞ。君は刑務所帰りで、向こうは、今でも、政治家で、権力も持っているぞ」

「そんなことは関係ない。ケンカは、度胸だからな。その前に、久間征信を助けてやりたい。約束だからな」

と、菅野が、いった。

木村は、何処《どこ》かに電話をかけていたが、

「久間と、最後に、会ったカフェの、入っている、シーサイドホテルを覚えているか？」

「ああ、覚えてる」

「久間征信は、そこにいるらしい。半《なか》ば、監禁状態だといっている」

「わかった」

「警察に知らせたほうがいいんじゃないか。どんな状況かわからないから」

「警察に頼んだら、それこそ、あいつが殺されるおそれがある」

と、管野が、いった。

「おれは、何をしたらいい？」

「そうだな。おれが、合図したら一一〇番してくれ。パトカーがサイレンを鳴らしながら、ホテルに来てくれればいい」

と、管野は、いった。

2

海岸線に、バンガロー風の独立した部屋が並んでいる。高台にホテルの入口、駐車場、ロビーが並ぶ造りである。

管野は、タクシーで、乗りつけた。

独立した部屋数は、シングル、ダブル、多人数ルームと、合計二五である。

管野は、ダブルの部屋に落ち着くことにした。

久間が、どの部屋にいるのかわからない。もちろん、悲鳴も聞こえてこない。むしろ、潮騒《しおさい》のほうが、耳を占領している。

久間を、監禁しているとしたら、弱虫だから、抵抗はしないだろう。そのほうが、特別なことがなければ、安全である。

すぐ、夕食時間になったので、食堂に出かける。

高台にある食堂も、海の展望が、素晴しい。

バイキングだから、皿に盛って、海を見ながら、勝手に食べる。

沖は暗いが、海岸線は、ネオンが明るい。

貸しボートもある。

海岸で、バーベキューを楽しんでいるグループもいた。

そうした光景を注意深く見ているのだが、久間の姿は、見つからない。

管野は、ボーイの一人をつかまえて、

「頼めば料理を部屋に運んでくれるの？」

「どうしても、食堂に来られない方には、お運びしますが、人手も不足がちですので、なるべく食堂に来ていただきたいと思います」

「さっき、ワゴンで、食事を運んで行ったね？　それも、何人か分もだけど、大勢でも、頼めるんじゃないの？」

「あれは、皆さんが、何かのお祝いだそうで、食堂に行って騒いで迷惑をかけるかもしれないという逆の理由で、お運びしたわけで、めったにあるケースじゃありません」

と、ボーイはいう。

「それ、五人から一〇人以内という一番端の大部屋だろう？」

「どうしてですか?」

「実は、あの大部屋の近くのツインルームを借りてるんだ。向こうが、何かのお祝いで騒ぐんなら、すぐに部屋に戻らないほうがいいかと思ってね」

「そうですか」

「ちょっと、夜の海岸を散歩してきたほうがいいかな?」

「そうですねえ。それが、賢明だと思います」

ボーイは、笑顔でいい、調理場の方に、戻って行った。

管野は、ゆっくりと、食事をすませたあと、部屋に戻る途中、料理が並ぶコーナーで、生卵を五個つかんで、ポケットに入れた。

部屋に入って、ベッドに横になった。

隣の大部屋の様子を窺《うかが》うが、静かである。

隣に、久間征信が監禁されているかどうかは、わからない。

ただ、部屋《ルーム》の大きさから考えると、隣の大部屋が、本命である。

枕元のホテル内電話の規則を見ると、他の部屋にかける場合は、まず、⑨を押してから部屋のナンバーを押せとある。

管野は、そのとおりに、ナンバーを押した。が、相手が出る寸前、指で押さえてしまった。

こちらの部屋ナンバーも、わかってしまうかもしれないと、思ったからだ。

怖いという感じではない。

ただ、敵に、先手を取られるのが、嫌だったのだ。

木村に、ホテルの部屋番号と、場所を知らせ、

「五分後に一一〇番してくれ」

と、頼んで、部屋を出た。

隣の大部屋のドアの前に立ち、ベルを押す。

返事はない。

それでも、ベルを押し続けた。

突然、ドアが開き、若い男が顔を出した。

「うるせえな。何なんだ?」

と、声を荒らげた。

管野は、黙《だま》って、男の肩越しに、部屋の中を、覗《のぞ》いた。
五、六人の男たち。
その奥に、半裸の久間が、丸くなっているのを見つけた。まるで、怯《おび》えて身体《からだ》を丸めている猫だ。

「久間征信が、こちらにお世話になってるはずなんだが――」

「そんな奴は知らん。帰れ」

と、相手は、いきなり、管野の胸《むな》ぐらを摑《つか》んで、押し出そうとする。

突然、管野は、ニヤッと笑った。

相手は、バカにされたと思ったのか、殴《なぐ》りかかってきた。

管野は、それを避けもせず、男の顔に生卵を叩《たた》きつけて、潰《つぶ》した。

男が、悲鳴を上げる。その身体を思いきり蹴《け》飛ばした。

男の身体が、見事にすっ飛んだ。

奥の男たちが、ざわざわと立ち上がる。

管野は、連中に向かって、残りの卵を投げつけた。命中してもしなくても、相手は、狼狽《ろうばい》する。

管野は、久間に近寄って、

「大丈夫か」

と、声をかける。

久間の顔から、血がしたたり落ちている。

近くに、ゴルフのドライバーが立てかけてある。

「これで殴られたのか？」

「――――」

久間が黙って肯《うなず》く。管野がそれを手に取った時、連中の一人が、殴りかかってきた。

管野は、相手を見もせずに、ドライバーを、力一杯横にふった。

「ぐわーん」

と、いう、音響と共に、男の身体が、床に叩きつけられた。

他の男四人が、ナイフやゴルフのクラブを持って、二人を取り囲んだ。

「大丈夫ですか？」

と、久間が、声をふるわせた。

「大丈夫だ。すぐ、味方がくる」

管野が、いった。それを合図のように、パトカーのサイレンが聞こえ、ものすごいスピードで近づいてくる。

「お前ら、捕まるぞ！」

管野が叫ぶと同時に、四人の男が、部屋を飛び出して、逃げてしまった。

「おれは、どうしたらいいですか？」

と、青い顔のままの久間が、声をふるわせる。

「おれのことは避けて、ありのままを話せばいい」

「管野さんは？」

「おれは逃げる」

管野は、ぶっ倒れている男の身体を引きずって、隣の自分の部屋まで運び、ドアを閉めた。

男は、まだ、意識を失ったままだった。顔の側面が、ぷっくりとふくらんでいる。よほど、ドライバーの衝撃が、強烈だったのだろう。

しばらくすると、ベルを押して、久間が入ってきた。

倒れたままの男を見て、

「ずっと、このままですか？」

「ドライバーが、まともに横っ面に当たったんだ。ところで、警察に、どんなことをきかれた？」

「おれ、東京の小さなマンション暮らしなんですよ。そしたら、突然、あの五人がやって来て、無理矢理このホテルに連れて来られたんです」

「それで？」

「例の、一世一代の週刊誌の記事、誰に頼まれて書いたんだときかれたんです。おれが一人で、あの特別号だけ作ったといっても、信用しないんです。おまえみたいな小心な男が、そんな記事を書けるはずがない。誰に命令されて作ったんだと、めったやたらに殴られましたよ。そんな時、知らない人が、突然、助けに来てくれたことにしたんですよ」

「警察は、その説明で、納得したのか？　よく、解放してくれたな」

「最初は、全く信用してくれませんでしたよ。おれが、よほど貧弱に見えたんでしょうね。おれみたいな男を、五人もの男が誘拐するのは、おかしいというんです。それでも、例の週刊誌のことを話して、やっと納得してくれました。相手は、誰も残ってませんしね」

「ところで、この男だが」

と、管野は、いぜんとして、気絶したままの男を見下ろして、

「持っていたものは、運転免許証、一二万円入りの財布、東京駅の八重洲《やえす》が住所の桜調査社《さくらリサーチ》という名刺だ。その調査会社の名前は、初めて聞いた。何か知らないか？」

「桜調査社《リサーチ》ですか？」

「たぶん、逃げた四人も同じ会社の人間だと思う」

「気がついたら、きいてみたらいいと思います。おれには、わかりません」

と、久間は、首を横に振った。

管野は、我慢しきれずに男の身体をバスルームに引きずっていき、冷たいシャワーを頭から、あびせた。

やっと、気がついた男、竹原忍《たけはらしのぶ》に向かって、

「桜調査社《リサーチ》が、何故《なぜ》、この久間を誘拐したんだ？」

と、きいた。

「調査会社なんだ。金さえ払ってくれれば、ど

んな調査だって、引き受ける」

「調査を頼んだのは？」

「うちは、調査会社だよ。依頼者の名前や、依頼された調査内容は、喋《しゃべ》れないいんだ。個人情報だからな」

「この久間征信を誘拐しろと命令されたのか？」

「依頼された調査内容は喋れない。いいか、そっちこそ、私を誘拐して拷問しているじゃないか。早く解放しろ」

と、竹原は、開き直って、文句をいった。

管野は、苦笑したが、それでも、

「仕方がない。自由にしてやる。ただし、もう一度、この久間征信に何かしたら、その時は、容赦《ようしゃ》しないからな」

釘を刺して、竹原を、自由にした。

「これで、いいんですか。連中は、間違いなく、今回の事件に関係がありますよ」

と、久間は、口惜《くや》しがった。

「おれにもわかってる。だが、三年前、静岡で、マネーゲームをやってた時も、最近、多恵が芦ノ湖で不審死を遂《と》げた時も、谷口ゆみが殺された時も、桜調査社《リサーチ》の名前も出て来なかったし、竹原忍の名前も出て来なかったんだ。このまま解放しなければ、誘拐罪に問われてしまうから、放してやるより仕方がない」

と管野は、いった。

「まあ、怒っていないで、無事を祝って、乾杯しよう」

冷蔵庫から、ビールを取り出して、飲むことにした。

　久間も、少しは、落ち着いてきたところで、

「監禁されている時、連中の会話で、何か気になったことはないか？」

　と、きいた。

「あなたのことも、話していました」

「どんなことだ？」

「怒らないでくださいよ」

「怒らないさ。いろいろと、いわれて、自分のバカさ加減がわかってきたからな」

「管野は、腕力と金はあるが、単純だから、欺《だま》されているのに気がつかないと」

「それは、よくわかっている」

　と、管野は、怒らなかったが、

「しかし、三年前のマネーゲームの時に、いなかった桜調査社《リサーチ》とか竹原忍という男が、何故、急に現われたのか。それとも、三年前にもいたのに、おれが、気がつかなかったのか」

　と、首をひねった。

　その上、久間の話では、連中は、「管野は、腕力と金はあるが、単純だから、欺されているのに気がつかない」といっていたというのだ。とすれば、連中と、桜調査社《リサーチ》は、管野を罠《わな》にかける計画に参加していたのではないのか。

　それなのに、何故、管野の記憶の中に、入っていないのか。

3

　翌日。管野は、久間を連れて、東京に向かっ

た。

竹原忍が持っていた名刺にあった「桜調査《リサーチ》社」という会社を調べるためだった。

東京駅八重洲口にある雑居ビル。その三階にあるはずだった。

ところが、そのビルに来てみると、入っているいくつかの会社の中に、「桜調査《リサーチ》社」の名前は、なかった。というよりも、消えていたのだ。

一階の管理事務所できくと、

「今朝、突然、消えていました。昨日のうちに、引っ越してしまっていたんです」

と、管理人がいうのだ。

念のために、三階を見せてもらうと、がらんとして人の気配はない。

社員は、一五、六人いたというが、机も椅子《いす》も、キャビネットも、パソコンなども、全て、きれいに消えていた。

昨夜のうちに、きれいに、引っ越してしまっているのだ。どんな調査をしていたのかときいても、管理人は、依頼人の姿を見かけたこともあるし、調査員が、七つ道具の入っていそうなバッグを持って出かけるのも見ているが、どんな調査をしているかはわからないという。一五人と少人数で、上場もしていない会社なのだ。かんたんに詳《くわ》しいことはわからないのが、当然かもしれなかった。

それでも、管野たちは、桜調査《リサーチ》社の正体を知りたくて、ビルの中にあるラーメン店やカフェをのぞいて、きいて廻《まわ》った。

最上階にあるカフェに行った時のことだった。

のどが渇《かわ》いたので、中年のママのやっているカフェに入り、ここでも、桜調査社《リサーチ》について、話を聞いてみた。

ママは、桜調査社《リサーチ》のことは、よく知らないが、ひとり、よくコーヒーを飲みに来る社員がいたという。

「静岡の生まれ育ちだと、いってました。だから、どうということもないんですけど」

と、いうのだ。確かに、このママが、事件に関係があるわけはないのだが、彼女の何気ない言葉に、久間が、

「今、思い出した。太平洋商事のことです。今回のマネーゲームで、一人勝ちしたといわれる企業ですが、事件後、調査部を、社内ではなく、外に設《もう》けたと聞いていたんですが、何処に作ったかわかりませんでした。このあたりは地方の企業が、東京事務所とか、東京連絡所を出す町ですから、この桜調査社《リサーチ》というのが、その調査部だと思いますよ」

と、いい出したのだ。

「どうして、太平洋商事のものだとわかったんだ?」

と、菅野が、きいた。

「あの会社の社長が、桜が大好きで、何かというと、趣味で作ったものに、桜という名前をかぶせるんです。ゴルフ仲間の会には、桜ゴルフとかです」

「桜調査社《リサーチ》というのは、何の目的で作ったんだ

ろう？　太平洋商事の社長が、作ったとしてだ」

　管野が、きく。

「あなたが出所してくることが不安だったから。あなたの動きや、仲間の動きが心配なんですよ。三年前のマネーゲームの時、太平洋商事側から見れば、一番の大物で、一番注意すべきなのは、あなただったからね」

「それが、どうしようもないマヌケだったんだから話にならない」

　と、管野本人は、ひたすら自嘲《じちょう》するより仕方がなかった。

「太平洋商事社長の自宅は、確か、新幹線の静岡駅近くだったな」

「そうです。しかし、おれが聞いた話では、そこには、ほとんど、住んでいないらしいですよ」

「どうして？」

「たぶん、地味だからでしょう。それに、ここにきて、太平洋商事は、年間利益が、三年前に比《くら》べて、二・五倍になって、株価も、五〇〇円から六五〇〇円になったと聞いています。だから、社長も、熱海駅近くの土地を手に入れて、そこに豪邸を建てて、住んでいるはずです。一度、その豪邸が、テレビに出たことがあります」

「いろいろ、知ってるんだな」

「ケンカは苦手ですが、調べるのは、『ケラケラウイーク』で、得意になりました」

　と、久間は、笑った。

「これから、熱海へ行ってみよう。妙な女に会って、下車したのも熱海だったんだ」

管野は、急に、決めた。

久間が、車をレンタルして、二人は、熱海に向かった。

東名《とうめい》高速を、西に向かう。

夜の熱海に入っていく。

一時、熱海の灯が消えたといわれていた。

政府が、突然のコロナ感染拡大に怯えて、緊急事態宣言を発したからだ。

だが、五月二五日に、政府が早々と解除し、さらに六月二二日には、ＧｏＴｏトラベル開始を発表した。とたんに、熱海は、勢いを取り戻し、観光客で、あふれた。

熱海駅前は、夜の九時すぎなのに、いや、夜の九時だからか、賑《にぎ》やかだ。

ただ、マスク姿ばかりなのは、日本人の律儀《りちぎ》さか。

マスクをしたまま、酔っ払っているのも、日本人らしい。

海岸に向かって、ゆっくり、車を走らせていく。

海岸通りも、商店街も、特に、若者たちの姿が眼につく。マスク以外は、すっかり元に戻っていた。

「確か山手のホテルを、太平洋商事が買い取って、別邸兼、社員の保養所に使っていると聞いています」

と、久間が、いう。

「その建物を見てみたいな」

と、管野が、いった。

　また、坂を登っていく。

　熱海の海岸通りにも、ホテル、旅館が並んでいるが、山手には、特に巨大なホテルが、林立している。

　真新しいホテルの手前で、久間が車をとめた。

　ホテルに見えたのだが、他の建物に比べて、照明も少なく、車の出入りも少ない。

　管野は、眼を凝《こ》らした。

「太平洋商事グループ」の文字がある。

　他の文字もあるのだが、よく読めない。

　二人は、その場で車を降り、建物に近づいてみた。

　建物の玄関口に、その中に入っている会社の名前を彫った金属のプレートが、はめ込まれていた。

　右側の門柱には、

　太平洋商事グループ

とあり、さらに、桜を冠した文字が並んでいた。

　桜会別邸
　桜亭
　桜調査社《リサーチ》
　桜研究会

　やはり、桜調査社《リサーチ》の名前が、ここにもあっ

た。

　他の名称のほうは、内容が、はっきりしないが、桜会別邸というのは、太平洋商事社長の別邸の意味かもしれない。

　左の門柱にも、さまざまなグループの名前が出ていたが、これを見て、管野は、最初、おっという顔になった。

　畑山信事務所
　畑山敬介事務所
　高橋康正事務所
　清風荘熱海店
　ミセス高橋美容研究所

　管野は、怒るよりも、笑ってしまった。

　三年前のマネーゲームで、管野は、結果的に、一敗、地にまみれた。少なくとも、勝ったのは、太平洋商事だけだと思っていたのだ。

　それなのに、一緒に敗《ま》けたはずの人間やグループの名前も、ここに、並んでいるのだ。

　管野は、木村の言葉を思い出した。

　三年前のマネーゲームで、傷つかず、利益があったのは、太平洋商事だけで、あとは、全ての個人や団体が、経済的に痛手を受けた。

　管野は、そう思っていた。

　だが、眼の前に、潰れたはずの企業や、個人の名前が、連なっているのを見ると、実際に損をしたのは、五億円を使い果たした管野と、ファンドに投資して、財産を失った人々だけだったのではないかと思った。

というより、連中の目当ては、最初から、管野の持ち込んだ五億円と、静岡県の一般人の金だけ、だったのではないか。

それが、果たされるや、管野を刑務所に放り込んで、さっさと、マネーゲームから、逃げ出したのではないのか。

「今日は、ちょっとした仕返しをしてやろう」

と、管野が、いった。

「何を、しでかすんですか?」

久間が、管野を見た。

「今、ちょっと中を見て来たら、あの事務所などの看板が、自分たちの契約した部屋の入口にも、掛かっていた。その看板を取り上げてやろうというんだ。道場破りのマネさ」

「おれは、どうしたらいいんですか?」

「おれが取り外した看板を運び出してくれ。とりあえず、四枚だ」

「どの看板も重そうだから、担《かつ》いで逃げたら、すぐ、捕まってしまいますよ」

「このロビーの端に、火災報知器があるのを見つけた。各階に備えつけてあるから、気づかれたら、その報知器を鳴らして逃げろ」

「看板は、全部、持って逃げるんです?」

「いや、四枚でいい。今日は、連中を脅《おど》すだけだ」

と、管野は、いった。

どの看板も、ほぼ同じ大きさの木の厚い板で、立派な書体だった。板の背後に、畑山・書とあるから、あの元首相の畑山信が書いたものだろう。

管野は、それを一枚ずつ外して、エレベーターで、地下三階に降ろしておいた。

地下三階は、地下駐車場につながっているから、持ち出すのは、楽なはずである。

不思議《ふしぎ》に、誰にも、咎《とが》められなかった。

多分、管野が、看板を外していても、部屋の主が、引っ越すことになったので、表の看板を外しているのだと見えたのだろう。

結局、管野は、目標の四枚を手に入れた。

4

翌日朝のテレビで、各局が、同じニュースを伝えた。

〈熱海の企業ビルで、奇妙な出来事

熱海市内を見下ろす高台に、白亜《はくあ》の企業ビルがある。五年前に完成したばかりの巨大ホテルを、太平洋商事が買い取って、企業ビルに改造したものである。

持ち主の太平洋商事も入っているが、その他、各社の看板がかかっている。

このうちの四枚の看板が、何者かによって盗まれてしまった。同じ企業名以外では、使い道がないのにと、皆が、不思議がっている〉

さっそく、木村から電話が入った。

「例の熱海の事件、君の仕業じゃないのか?」

と、きく。

「そうだよ」

「連中は、大さわぎだよ。昔でいえば、道場破りがやって来て、看板を奪われた感じだからね。それで、奪った四枚の看板を、どうするんだ?」

「焼く」

「焼く?」

「一枚ずつ丁寧《ていねい》に焼いていく」

「いつ、何処で?」

「今度の日曜日、湘南海岸の何処かで、一枚ずつ丁寧に焼却する。時間と場所は教えない」

「もう連中に知らせたのか?」

「いや。そうだ、今まで、君は、連中の側にいたんだから、君から知らせてくれ。場所は、湘南海岸の何処か。今度の日曜日だが、時間は教えない」

「わかった。それで?」

「連中の運が良ければ、看板は戻るし、運が悪ければ、灰をつかむことになる。そういうことだ」

「わかった。その旨《むね》、伝えておく。とにかく、連中は、怒ってるから、気をつけてくれよ」

それで、木村は電話を切った。

翌日、管野と久間の二人は、湘南の茅《ち》ヶ崎《さき》海岸に、竹と木の板で、小さな棚を作った。

そして、日曜日。

夜の一〇時すぎになった。

昼間の茅ヶ崎海岸は、若者たちで賑わっていたが、さすがに、夜になると風が冷たくて、人の姿も少ない。

突然、二人の男のシルエットが、棚に近づいてきた。

板を、二枚ずつ、担いでいる。

彼らが、その板を、棚に放り上げて、その上で、火を焚《た》き始めたとたんに何処に隠れていたのか、一五、六の人影が現われて、仮設の棚に殺到した。

二人が、あわてて、逃げ出す。

集団のほうでは、男の大声が発せられた。

「追うなッ。それより火を消して、看板を確認しろ！」

とたんに、懐中電灯の明かりが、五つ、六つと点灯した。一斉に、消火し、棚から、木の板を下ろす作業が始まった。

深夜の海岸に、男たちの大声が、飛び交う。

「看板四枚無事です！」

「一枚ずつ確認しろ！」

「桜会別邸の看板確認！」

「桜亭の看板確認！」

「桜調査社《リサーチ》の看板無事です！」

「桜研究会確認！」

「よし！　丁寧に国道に停めた車まで運べ」

その号令で、四枚の看板を担いだ集団が、移動する。
二、三人が、棚を叩きこわしている。
リーダー格の男が、トラックの傍《そば》で、携帯をかける。

「四枚の看板は、無事奪い返しました。少しも焦《こ》げていません。待ち伏せは成功しました。おめでとうございます」

「バカ！」

男の声が、電話の向こうで、怒鳴《どな》った。

「ニセモノだ！」

「いや、間違いなく、ホンモノの看板です！」

リーダーの男は、必死で、いう。

「そうじゃない。そっちに現われたのが、管野じゃないといってるんだ！」

電話の向こうの男の怒鳴り声も、大きいままだ。

「しかし――」

「いいか。管野ともう一人が、また、熱海の企業ビルに現われて、太平洋商事と、畑山先生の事務所の看板を奪って逃げたんだ！　そっちで、お前たちが、マゴマゴしているうちにだ」

「――」

「そこにいる連中の半分で、すぐ、大事な看板を探せ！　見つけるまで、戻ってくるな！」

5

桜調査社《リサーチ》のリーダー加藤《かとう》は、一五人の中の五人に、四枚の看板を、熱海に運ぶように命令し、残りの一〇名で、奪われた、二枚を探すことにした。

「太平洋商事」と、「畑山信事務所」の二枚の看板は、他の四枚より、ひと廻り大きいものだった。

木製ではなく、軽い金属の板で作られ、豪華に、金箔が張られていた。

週刊誌が取り上げたこともある。

加藤は、急遽《きゅうきょ》、五台のレンタカーを用意し、一台に二人を乗せて、二枚の看板を追うことにした。
深夜の湘南海岸を、
深夜の熱海周辺を、
そして、深夜の東京と静岡の間を、
五台の車が、何かにとりつかれたように走り廻った。
（簡単には見つからないだろう）
と、加藤は、覚悟した。
とにかく、相手は、最初から、二枚の看板を盗むことに、全力をつくしていたのである。
（時間がかかるだろう）
と、思い、加藤は、太平洋商事の社長に、怒鳴られるのを覚悟したのだが、驚いたことに、

夜明け前に、

「見つけました！」

という大声が、飛び込んできた。

加藤は、半信半疑だった。

「本当に見つけたのか？」

「見つけました。二枚ともホンモノです」

「すぐ、そちらへ行く。場所は、何処だ？」

「東海道の三島近くの無料駐車場です」

「犯人は？」

「逃げました。追おうと思ったのですが、こちらも二名なので、自重《じちょう》しました」

と、いう。

それでも、まだ、半信半疑のまま、三島に向かって、車を飛ばした。

現場近くで、お手柄の男たちが、手を振って

いた。

確かに、無料駐車場だった。

奥の方に、レンタカーと、軽トラックが、駐《と》まっていた。

そのトラックの荷台に、無雑作に、二枚の金属製の看板が、積んであった。

懐中電灯で照らしながら、看板が、ホンモノかどうかを確認する。

(間違いない)

と、思い、加藤は初めて、ほっとした。

発見した二人が、こもごも、報告する。

「この無料駐車場の、前を通りかかったら、奥に軽トラックと、バイクが、駐まっていたんです。男が、二人いました。トラックの荷台には、何か板状のものがのっていました。ふるえました。こっちも、二人いるんだと思って、懐中電灯を同時に向けて、怒鳴ったんです。泥棒！　って」

「そうしたら？」

「向かってくると思ったら、二人が、バイクに相乗りして、逃げたんです。一人が足を引きずっていたから、怪我して、ここで、休んでいたんだと思います。だから、せっかく手に入れた看板を放り出して逃げたんだと思います。幸運でした」

「そのとおり、上に報告してくれ」

と、加藤は、いった。

(確かに、運が良かった)

と、思った。敵である管野の強さは、痛いほど、実感していたからだ。

電話をかけた。

向こうには、太平洋商事の社長と、畑山元首相の息子、敬介が、待ちかねていた。

「好運にも、ただ今、大切な看板二枚を取り戻しました」

と、報告すると、向こう側も、半信半疑のようだった。

そこで、発見した二人に、事情を説明させた。

やっと、太平洋商事社長と、畑山敬介が、納得したらしく、

「すぐ、帰って来い。よくやった。コロナ騒ぎだがボーナスを弾《はず》むぞ」

と、社長が、いった。


「残念だったな」

木村が、携帯をかけてきて、いった。

「ああ。途中までうまくいったんだが、久間が、逃げる時、右足を車のドアに挟んで走れなくなった。それがなければ、成功してたんだ」

「二枚の看板も、奪い取れたのにな」

「ああ」

「どうするつもりだったんだ？　焼却するつもりだったのか？」

「金属製だから、叩き潰して、海に捨てるつもりだった。それを写真に撮《と》って、バラまくつもりだったんだがな」

「これから、どうする気だ」

「まず、久間の足の傷を治さなきゃな。思った以上に重傷だから、どこか、秘密の病院に入院

させたい」

「久間なんか、放り出したらどうなんだ。邪魔なだけだろう」

「そんなことをしたら、連中と同じことになってしまう」

「おれは、これから、どうしたらいい？　君と一緒に、連中を叩き潰してやりたいんだよ」

「ありがたいが、久間の足が治るまで、動きが取れない。しばらく、連絡できない。悪いな」

と、いって、管野は、電話を切った。

6

この騒ぎについて、静岡県警捜査一課の三浦《みうら》警部から、すぐ、十津川に、電話が、入った。

「奇妙な事件です」

と、三浦は、いった。

「こちらでは、一連の事件を、〝伊豆箱根殺人回廊〟と呼んでいるのです。この回廊で、激震が起きると、東京で殺人が起きたりする。そのくせ、何故、殺人が起きるのかがわからないのです。今回の事件も、この〝伊豆箱根殺人回廊〟で起きています。ただ、太平洋商事の企業ビルから、さまざまな企業の看板が盗まれ、取り戻されました。マスコミは面白がって、書き立てましたが、実害は、ほとんどないのです。しかし、ある者には、激震と映ったでしょう」

「犯人も、わかっていると聞きましたが」

「管野愼一郎と久間征信。それに、木村更三の三人だと思います。相手は、看板を盗まれた六人というか、六企業です」

「最初の頃は、一緒になってマネーゲームを楽しんでいたんじゃないんですか？　そんなふうに見えましたが」

十津川が、いうと、三浦は、電話の向こうで、笑った。

「正しくいえば、同床異夢《どうしょういむ》でしょうね。うまくいってる時は、笑顔で手を握りあっていたが、まずくなってくると、一斉に逃げ出すというか、損を押しつけ合うというわけです」

「全員が、一様《いちよう》に損をしていれば、問題はなかったと思いますが、どうも、そうじゃなかったらしいですね。一番ひどい目にあったのは、当時、T銀行静岡支店長だった管野愼一郎で、五億円の父親の遺産を使い果たし、その上、二年半の刑務所暮らしを強《し》いられたわけですからね。この違いが、今、三浦さんのいう、〝伊豆箱根殺人回廊〟に激震をもたらしているように感じます」

と、十津川は、いった。

「同感です。ただ、今のところ、その激震がもたらしたものが、子供っぽい、会社や組織の看板の盗難で終わっているところが、不気味な感じに思います。何か起きたら、すぐ、電話します」

と、いって、三浦は、電話を切った。

十津川は、ＦＡＸの用紙を一枚抜き取って、

伊豆箱根殺人回廊

と書いて、捜査本部の壁にピンでとめた。

「三年前、この回廊が、激震に襲われたわけですか」

と、亀井刑事が、いった。

「それが、東京の谷口ゆみ殺しを引き起こしたというわけですね」

「静岡県警の三浦警部は、そういっている」

「しかし、三年前、静岡で、T銀行の静岡支店を中心にして、地方経済再生のマネーゲームをやったわけでしょう。結果的に失敗して、自殺者まで出し、旗振り役の管野は、複数の自殺者を出したという理由で、刑事事件として実刑を受け、二年六カ月の刑務所暮らしをしている」

「しかし、出所した管野を調べたが、自分一人が、ひどい目にあったという被害者意識は持っていなかったね。人がいいのか、もともと、マネーゲーム自体が、彼にとって、楽しい遊びだったのか。静岡県警では、管野が、自分一人が、マネーゲームの加害者にされたと考え、敵と思われる人間たちに復讐しようとしている。それが、ここに書いた〝伊豆箱根殺人回廊〟に激震を与え、殺人事件が発生したと考えているようだ」

「すると、犯人は、管野慎一郎ということになってきますね」

と、亀井が、いった。

「そういうことになるが、静岡育ちの政治家、実業家たちが、あのマネーゲームに絡《から》んでいるからね。そう簡単じゃないと思っている」

「一番最近の事件は、例の看板さわぎですね」

「この事件の、犯人は、管野と、その仲間というのは、間違いないらしい」

「動機は、復讐ですか？」

「他に、考えようはないな」

「それにしては、だらしがありませんね。見事に奪い返されていますからね」

と、亀井が、笑う。

「とすると、この事件は、激震ではなく、軽震か微震かな」

「そうあってほしいですよ。余震が起きて、人が死ぬのはごめんです」

と、亀井は、いった。

確かに、その後、約一週間、余震らしきものは、起きなかった。

管野と久間の二人は、姿を消してしまったし、勝者に見える政治家や、実業家たちは、悠《ゆう》然《ぜん》としているように見えた。

第七章　最後のゲーム

1

管野は、木村に電話をかけた。

「力を貸してくれ」

「オーケイ。だが、何をしたいんだ？」

「事件の真相がわかってくると、どうにも我慢ができないんだ」

「それは、よくわかるよ。君は、五億円を失った揚句《あげく》、二年半も刑務所《ムショ》に入ってたんだからな」

「おれを、そんな目にあわせた奴《やつ》らを何とかしないと、気が、治まらないんだよ」

「その相手は、誰だと思っているんだ？」

と、木村が管野に、きく。

「一応、畑山元首相と、野心家の息子」

「ああ。いい線だ」

「マネーゲームに最初から関係していた高橋康正夫婦」

「確かに、この夫婦も、君を食い物にしていたな」

「太平洋商事の社長」

「そいつが、一番のワルかもしれないな」

「あとは、こいつらに金を貰《もら》って動いている桜調査社《リサーチ》の連中だが、こんな雑魚《ざこ》は、どうでもいい。『昭和維新本部』の井上龍馬というのも、いたがな」

「そうなると、さしあたって、五人だな。それで、五億円を返せと要求するのか？」

「そんなマネはしない。君から、一千万貰ってるから、金は、それでいい。もっと、直接的なことをしてやりたい」

「まさか、殺すんじゃないだろうな。そんなことをしたら、一生刑務所《ムショ》暮らしだぞ」

と、木村がいった。

管野は、笑った。

「そんなバカなマネはしないよ。ただ、ボコボコにしてやりたいだけだ」

「それだけで、本当にいいのか？」

「ただ、おれが呼んでも、怖がって会わないだろう」

「ああ、会わないだろうな」

「君は、まだ、連中の仲間なんだろう？」

「一応、そういう形にはなっている」

「それなら、君に、連中を一人か、二人ずつ、何処《どこ》かに呼び出してもらう。おれが後から行って、ウムをいわせず、殴《なぐ》る」

と、管野は、いった。

「ちょっと、待ってくれ。そこで、まさか、連中を殺したりはしないだろうな。そんなことになったら、呼び出したおれは、殺人の共犯になってしまう」

「大丈夫だ。君に迷惑はかけないよ。気がすめばいいんだ」

「わかった」

「協力してくれるな」

「もちろん。おれも被害者だからな。それで、君のいった五人の誰から始めたらいい？」

「そうだな。太平洋商事の社長は、一番の大物だから、最後がいいな」

と、管野は、考えながらいった。

「あとの四人は、順番はどうでもいい。親子、夫婦、一緒でもいい。問題は場所だな」

「人のいない海岸に呼び出すのは、まず無理だ。向こうも、用心しているからな」

「わかってる。彼らが、よく利用しているホテルでいい。壁が厚い部屋なら、ボコボコやっても、聞こえないだろう」

管野は、少し、冗談《じょうだん》めかしていった。

「畑山父子《おやこ》、高橋夫婦は出てくるとしても、多分、秘書も一緒に連れてくるぞ。それでもいいか？」

「それは、かまわない」

「それでは、これから、連中を、誘ってみる。もう一度、確認するが、太平洋商事の社長は、一番あとでいいんだな？」

「ああ、そのほうがいい。こいつは、ゆっくり、恨《うら》みをこめて、ボコボコにしてやりたいからな」

と、管野は、いった。

2

三日後、木村から連絡が入った。

「明日、畑山元首相が、例の芦ノ湖畔のホテルで、息子敬介の来年の選挙に向けて、壮行会をやるよ。一泊して、翌日チェック・アウトする」

「前にもやったんじゃないか」

「こういうものは、何回やってもいいんだ。それに、政界地図も変わったからね。畑山元首相にしても、顔つなぎが、たいへんなんだ」

「それで、畑山父子は、あのホテルのどの部屋に泊まるんだ？　それに、壮行会の時間的スケジュールを知りたいな」

と、管野が、いった。

「それは、君のスマホに送るよ。来賓《らいひん》の人数や、二人の付き添いもだ」

「秘書が、ぞろぞろ、ついてくるのか？」

「一人ずつ連れてくる予定だ」

「どんな秘書だ？」

「畑山の場合は、昔から使っていて、信頼のおける六〇代の秘書だ。息子の場合は、若い大学の後輩で、ボクシングをやっていたらしい」

「わかった」

「大丈夫か？」

「こっちは、ケンカのプロだよ」

管野は、笑った。

木村から送られてきたホテルの図面や、明日の壮行会のスケジュールを頭に入れてから、管野は、久間を連れて、芦ノ湖のホテルに向かった。

曇り空だが、この分なら、雨は降らないだろう。

二人とも、コロナ対応で、大きなマスクに、帽子をかぶって、ホテルに入った。
「新しい日本の星、畑山敬介君を支持し、励《はげ》ます会」
と、入口に、大きな看板が、出ている。
参加者の名前が、ずらりと並んでいる。
太平洋商事の名前もある。多分、ここが、スポンサーだろう。
テーブルには、芳名帖《ほうめいちょう》が、置かれている。
管野は、ちょっと考えてから、
シズオカニュース　野管一郎《のすがいちろう》
と、姓を逆さにして、サインした。シズオカニュースというのは、三年前に、マネーゲームをやっていた頃、親しくしていた地元新聞の名前である。
管野が、サインペンを渡すと、久間は、にやにや笑って考えていたが、
滑稽《こっけい》ニュース　社長　九間《くま》シンシン
と、サインしている。
広間で始まった壮行会は、型どおりのものだった。
畑山の息子は、とにかく、父親に続く首相になりたいと、熱っぽく、政治を語っていたが、次々にあいさつする政治家たちのほうは、これからのライバルになるかもしれない相手なので、励ますような、けなすような不思議《ふしぎ》な内容が多かった。

二人は、途中まで聞いて、会場を出ると、ホテル内のレストランで、夕食をとることにした。

芦ノ湖が望める五階のレストランである。

いやでも、事故に見せかけて殺された、多恵のことが、思い出されて、管野は、一瞬、眼を閉じた。

「彼女が、殺されたという証拠でもあればな」

と、管野が、いうと、久間は、

「どうも、最初から、事故死と決めて、医者よりも警察に連絡したみたいですよ。それでおれも、あの記事を書いたんです」

と、いう。

「あの日、その指示を出したのは、誰なんだ?」

「あの日、このホテルは、畑山の息子の敬介のアメリカ帰りのお祝いでした」

「今日は、息子のほうから、ボコボコにしてやらなきゃ、気がすまないな」

と、管野が、いった。

二人は、食事をすませると、ホテルの最上階にあるバーに足を運んだ。

今日は、畑山敬介の壮行会なので、バーも混んでいるのではないかと思ったが、ひとりの客もいなかった。早々に帰ったのだろう。

つまり、そういう会なのだ。

バーでは、ラストまで飲んでから、二人は、三階におりて行った。

畑山父子は、それぞれ、三階のツインに入っていた。

秘書と一緒である。畑山元首相の場合は、古い秘書だが、息子のほうは、用心棒兼任らしい。

「おまえさんは、どうする？　一緒にボコボコやるか？」

と、管野は、笑いながら、久間にきいた。

「桜調査社《リサーチ》の連中にやられましたから、一発殴ってやりたいんですが、おれは腕力がないので、せめて殴るのを見ていたいと思います」

「それなら見ていろ。だが、明日から、しばらく姿を隠していろよ」

と、管野は、いった。

まず、畑山元首相の部屋をノックする。

無警戒にドアが開いて、初老の秘書が顔を出した。

管野が、拳《こぶし》を突き出すだけで、秘書の身体《からだ》が、吹き飛んだ。

「何事だ！」

と、畑山が、奥から叫んだ。

ツインといっても、応接セットが用意され、二つに分かれた広い部屋である。

畑山は、奥で、テーブルに菓子などを並べて、ワインを飲んでいた。

「何者だ？」

と、入って来た管野を睨《にら》む。

管野は、黙《だま》って、テーブルの上のパイナップルをつかむと、いきなり、畑山を殴りつけた。

畑山の手にしたワイングラスが飛び、彼の身体も床に転がった。

何かいいながら、起き上がろうとする畑山

を、もう一度、今度は、素手で殴りつけた。

また、床に転がったが、今度は、

「あわ、あわ――」

と、わめいている。

「あごが外れたか」

と、管野は、笑った。

「もっと、身体を鍛《きた》えておかないと死ぬぞ」

今度は、顔をおさえて、軽く殴った。それで、あごが入ったのか、か細い声で、

「助けてくれ。殺すつもりか」

「ああ、殺してもいいと思って、殴っている」

管野は、もう一発、今度は、顔を避けて、腹のあたりを殴りつけた。

呻《うめ》き声をあげて、畑山は、身体を折り曲げた。

部屋の壁に叩《たた》きつけられた秘書が、床を這《は》うように近づいてきて、

「畑山先生をどうする気だ？」

「一応、死なないように、気をつけているがな――」

と、いいながら、床に仰向《あおむ》けに倒れている畑山の股間を、蹴《け》飛ばした。

声をあげて、床を転がる。

「警察を呼ぶぞ」

と、秘書が叫ぶ。声が、かすれている。

「警察より、こいつの息子を呼んだほうがいいんじゃないか。向こうの部屋に電話しろ」

と、管野が、いった。

秘書が、部屋の館内電話をかける。

すぐ、畑山の息子、敬介と、若い秘書が、部

屋に飛び込んできた。

入口にかくれていた久間が、二人をやりすごして、素早く、ドアのカギをかける。

「おまえは誰だ？　私の父親に何をした？」

畑山敬介が、管野を睨む。

「おれが何をしたかより、おまえたちが、おれに何をしたか考えろ」

管野が、軽く相手の顔を平手打ちにした。

「何をする！」

敬介がつかみかかるのを、秘書が止めた。

「私に委《まか》せてください。手が汚れます」

二人の間に割って入って、ボクシングの構えをした。

「サウスポーか」

と、管野は、小さく笑った。

「六回戦ボーイといったところだな」

「いいから、相手になってやる」

と、相手が、叫ぶ。二五、六歳だろう。

「ちょっと待て」

「大《おお》先生に、土下座して謝れば、許してやる」

「困ったな。そういうことじゃないんだ」

「何をいってるんだ」

「ボクシングを知ってても、本物のケンカは知らないだろう。おれは知ってるから、ハンデが必要になってくる。どんなハンデが必要か、言ってみろ。二つでも、三つでもかまわんよ」

「うるさい。いくぞ」

若い秘書は、身構える。確かに、六回戦ボーイだ。

管野は、

「だからさ――」

と、いいながら、いきなり蹴り上げた。

右足の靴の先が、見事に相手のあごを、蹴り上げた。

鮮血が、ほとばしる。血を流したまま、秘書は、その場に座り込んでしまった。

「だから、いったんだ。ボクシングはゴングが鳴ってから始まるが、ケンカは、いきなり始まるってな」

管野が、お説教する。

秘書が、座り込んだまま、眼をあげて、管野を見た。乱暴に手の甲で、顔の血のりを拭《ふ》き取って、

「ちゃんとしたボクシングなら、絶対に――」

「そうだ。負けないいんだろう」

と、いいながら、管野が、秘書の顔を殴りつけた。

鼻のあたりを殴ったので、折れて、また、血が噴《ふ》き出した。

「卑怯《ひきよう》な――」

「だから、いったろう。ケンカには、作法なんかないんだ」

「どうする気だ」

「少し寝ていろ」

言いながら、管野は、もう一度、しゃがみ込んでいる相手を殴りつけた。

予想どおり、若い秘書は、眼をむいたまま気絶してしまった。

「これから、どうします？」

と、久間がきく。

「畑山ジュニアを、椅子《いす》に、縛《しば》りつけろ」

と、管野が、いった。

秘書が、倒れてしまったので、畑山敬介は、黙って、椅子に、縛られていく。

管野は、ポケットから、小さなボイスレコーダーを取り出して、スイッチを入れ、畑山敬介の傍《そば》に置いた。

「これからイエス・ノー・ゲームをやろう。おまえさんは、日本人だから、イエスじゃなく、全て『はい。そのとおりです』と答えるんだ。それ以外のことをいったら、容赦《ようしや》なく殴る。おまえさん、一応、顔も商売品だから、これ以上は殴らない。ただし、外に出ない部分を殴る。まず、腹、股間、太ももだ。ただ、注意しておくが、ここも何回も殴ると死ぬよ。それを覚悟して、イエス・ノー・ゲームを始めよう」

3

「君の帰国パーティの時、お多福の多恵も招待したね？」

「――――」

「もう一度、きく。パーティに、多恵を招待したね？」

と、腹を殴る。

「ハイ、ソノトオリデス」

「夜、多恵は、芦ノ湖で泳いだ。それをすすめたのは、君だね？」

「――――」

今度は股間を殴る。

「多恵に、夜の芦ノ湖で泳ぐのをすすめたのは君だな?」

「ハイ、ソウデス」

「君は、多恵と肉体関係があった。政界に出るには、それが傷になった。そうだな?」

「――――」

今度は、太ももを殴る。

「どうなんだ。思い出したろう」

と、いって、殴る。

「ハイ、ソウデス」

「政界に出る前に、スキャンダルはきれいにしたかったんだな」

「ハイ、ソウデス」

「その調子だ。そこで、君は、あの秘書か、金で、何でもする人間を雇《やと》って、芦ノ湖の水中で多恵を襲わせたんだね」

「――――」

二度目に腹を殴る。

「金で雇った殺し屋を使ったんだね」

「ハイ、ソウデス」

「若い秘書のほうだね」

「ハイ、ソウデス」

「いくら払ったんだ? 百万か二百万か。二百万か」

「ハイ、ソウデス」

「若い秘書に、二百万払って、芦ノ湖の水中で、多恵を襲い、窒息死させたんだね」

「ハイ、ソウデス」

「下田の旅館、清風荘を知ってるね」

「ハイ、知ッテイマス」

「よし、調子よくなった。その調子で答えるんだ。清風荘の女将、松村久美子を買収して、自分に都合のいい証言をさせたね」

「ハイ、ソウデス」

「おれが、出所してすぐ、田中良という男を雇って、尾行させ、その揚句に口封じに、殺したね？　正確には、殺させたね」

「――――」

二度目に、股間を殴る。

「もう少し、勉強したらどうだ。死ぬぞ」

「ハイ、ソウデス」

「それでいい。今日のイエス・ノー・ゲームは、一応、終了とする」

「もう終わりですか？」

と、久間が、きく。

「ああ、終了だ」

「おれにも、質問させてください」

「駄目《だめ》だ」

「どうしてです？」

「おまえがやると、ふざけていると思われる」

「でも、あなたのイエス・ノー・ゲームだって、正直に答えているとは思われませんよ。強制されたものだということで、刑法上の証拠とは、思われませんよ」

「それでいいんだ」

管野は、縛られている畑山敬介に向かって、

「いいか。今日のことは、しばらく黙って、口をつぐんでいるんだ。さもないと、この次は死ぬことになるぞ」

と、脅《おど》してから、久間と、部屋を出た。

ホテルの出口近くで、火災報知器のボタンを押してから、タクシーを拾って乗った。

「まっすぐ、東京へ向かって走ってくれ」

4

さらに三日たった。

木村から、また電話が入った。

「高橋夫婦が、旅行に出るよ。行先は、沖縄《おきなわ》の石垣島《いしがきじま》だ」

「コロナなのに、平気で旅行できるのか？」

「まだ、政府が、緊急事態宣言を出す気配はない。医者の話では、人が動くから危ないらしいがね」

「石垣の何処だ？」

「川平湾《かびらわん》の近くに、豪邸を建てている。別荘だよ。もともと、君の金だ」

「夫婦二人だけか？」

「だと思う」

「その別荘にしばらく、滞在するのか？」

「半月は、いるらしい。今、国会が休みだからね」

「詳《くわ》しい別荘の場所と、電話番号を教えてくれ」

と、管野は、いった。

二日後、管野と、久間は、全日空《ぜんにっくう》で、沖縄石垣島に向かった。

まだ、コロナの感染は広がっていない。が、一日の感染者は、徐々に増えていた。

一番危険な東京も、二百人台で、止まっていて、知事は、緊急事態宣言を、政府に要請する気配はない。

首相は、相変わらず、ＧｏＴｏトラベルの推進に熱心だ。

おかげで、マスクをかけての沖縄旅行客で航空機は、満員に近かった。

五分おくれで、石垣島に到着。

間もなく十二月だが、石垣島は、まだ、夏である。

観光客は、マスクだが、水着である。

医者、看護師は、充分とはいえないから、感染者が、急に増えたら、たちまち医療事情は、逼迫《ひっぱく》するのだろうが、今は、何処を見ても明るさであふれている。

管野と久間は、空港から、タクシーを拾い、運転手に、持参した高橋の別荘の地図を示した。

確かに、名所として知られる川平湾の別荘地帯にあった。

沖縄独特の赤瓦《あかがわら》と、現代的なコンクリート工法をまぜたような新築の別荘である。

管野は、これも、自分の金が使われて建てられたものと思うと、腹が立ってくる。

建物の位置を確かめておいてから、夜になって、忍び込んだ。

沖縄の開放的な建物は、忍び込むのは、簡単だった。

寝込みを襲われた高橋夫妻は、最初から、ふるえあがって、管野にほとんど抵抗しなかった。

ここでも、イエス・ノー・ゲームを始める。

夫妻を、ソファに座らせて、殴りながらである。

「おれが、T銀行静岡支店長として、静岡経済の再建のために走り廻っていた時、おれが持ち込んだ五億円を見て、うまく取りあげてやろうと、思ったたか」

「ソンナコトハナイ。救世主ガ現ワレタト思イ、嬉《うれ》シカッタ」

「だが、奥さんのやっていたベンチャー企業に、投資させた。失敗するのがわかっていたからだ。さらにいえば、その失敗は、最初から計画されたものだった。つまり、おまえたち夫婦のふところに入るようになっていた。そうだな？」

「――――」

「正直に話せ」

高橋のほうを殴る。

「――――」

もう一度、高橋を殴る。

「次は奥さんを殴る。ぜいたくに育ったらしいから、死ぬかもしれないぞ」

「ワカッタ。アナタノイウトオリダ」

「最初から、おれの五億円が狙《ねら》いだったんだな」

「ソノトオリデス」

「保守党の静岡での最大の後援者太平洋商事を救うのが、目的だったんだな」

「ソノトオリデス」

「おれたちは、一時、マネーゲームが成功したかと思って、有頂天《うちょうてん》になったが、おまえたちが創《つく》りあげた幻想だったんだな」

「────」

「正直にいえ」

殴る。悲鳴。

「ハイ、ソノトオリデス」

「それで、静岡の人々も、幻想を持ち、マネーゲームに、私財を投じてきた。そうだな」

「県民タチガ、勝手ニ、儲《もう》カルト思ッタンダ」

「ハイ、ソノトオリデス──以外は許されないんだ。わかったか」

二人を殴る。高橋のほうは、手かげんをしないから、たちまち鼻が潰《つぶ》れて、血が噴き出した。

「もう一度きく。おまえたちは、マネーゲームに参加すれば儲かるという幻想を持たせ、県民の大事な金を吐き出させたんだ」

「ハイ、ソノトオリデス」

「おまえたちは、それに成功したところで、さっさと逃げ出したんだ」

「ソノトオリデス」

「大事な資産を失った県民の中には、自殺者が次々に出てきた。彼らは、恨みつらみの遺書を残して死んでいった。その相手は、おれになっていた。だが、実際には、おれたちと、おれたちに便乗したおまえたち、政治家になっていたんだ。そうだな」

「ソノヘンニツイテハ、私タチニハワカラナイ。彼ラノ遺書ヲ見テイナイカラネ」

「いや、見ていたはずだ。おまえたちが、遺書を巧妙に書き直したことは、わかってるんだ」

今度は、遠慮なく殴る。

殴り続ける。

高橋康正のほうが、悲鳴をあげる。

「助ケテクレ」

「死にたくなければ、正直に話せ。おまえたちが、自殺した県民の遺書を、書き直したんだな」

さらに、殴る。

「正直に話せ」

「三通ノ遺書ヲ書キ直シマシタ」

「それを、検察に流したんだな」

「自殺シタ人々ノタメニ、ソウスベキダト思ッタノデス」

「余分なことをいうな。とにかく、おかげでおれは、二年半の刑務所《ムショ》入りだ。おまえたちは、それで、全て終わりで、安心したんだろう」

「――――」

「その手柄で、おまえは、今も国務大臣でいられる。おれを、刑務所送りにした功労だ。そうだな」

最後は、高橋の太ももを殴りつける。

「ハイ、ソノトオリデス」

「今日は、これで終わりにする」

菅野は、久間に、

「五分後に、救急車を呼んでくれ」

と、いってから、高橋夫妻に向かって、

「次は、一番のワルの太平洋商事社長だ。覚悟しろと、伝えておけ」

菅野は、ボイスレコーダーをポケットに納めて、立ち上がった。

5

三日後、木村が、東京のビジネスホテルにいる管野を、直接訪ねてきた。

何故《なぜ》か、狼狽《ろうばい》し、あわてていた。

「たいへんだよ。こっちが危なくなった」

と、木村は、いった。

「何が大変なんだ？」

「畑山父子と、高橋夫婦を痛めつけたろう」

「ああ、ボコボコにしてやった」

「やりすぎたんだよ」

「大丈夫だ。二人の言葉を録音したし、こっちの質問は、うまく編集してしまえる。だから、夫婦の、本音に聞こえる。畑山父子のケースも同じだ」

「それが、駄目なんだよ」

「どうして？」

「高橋夫婦の場合は、君を待ちかまえていたんだ。あそこまで、殴られるとは、思わなかったろうがな」

「詳しく話してくれ」

「石垣島の別荘は、新しい防犯用の録音装置を備えてあったんだ。機械のかたまりだ。だから、君のほうから、罠《わな》に落ちていった。君の怒鳴《どな》り声だけが、やたら大きくなっていた。夫婦を殴る音もだ。だから、向こうの用意したボイスレコーダーを聞くと、ひたすら、君が殴り続け、脅して、都合のいい言葉を吐き出させたようにしか聞こえないんだ」

「それを聞いたのか」

「聞かされたんだよ。おれは、まだ、向こうの仲間だと思われてるからな」

「最後に、こっちの味方になってくれるんだろうな？　最後まで、向こうの味方じゃ、困るよ」

「それは、大丈夫だが、今回は、どう見ても、君の負けだ。このまま、下手《へた》に動くと、脅迫と暴行の罪で逮捕されるぞ」

「なるほどねえ」

急に、管野が、笑った。

「敵も、なかなかやるものだな。少しばかり面白くなってきた」

「感心してる場合じゃないぞ」

「とにかく、あと残るのは、太平洋商事の社長だけだ」

「だが、今、対決したら、間違いなく、君の負けで、下手をすると、刑務所へ逆戻りだ」

「こうなると、最後は、太平洋商事の社長のほうから、招待状が来そうだな」

「そうしたら、逃げろ。多分、向こうは、警察を呼んでいて、君を逮捕させるつもりだ」

「なるほどな。それで、向こうに都合よくジ・エンドというわけだな」

「とにかく、逃げろ。絶対に勝てないぞ」

「残念だな。最後に、大悪人の太平洋商事の社長を、ボコボコにしてやりたかったんだが」

「向こうが、警察を、差し向ける前に、とにかく、逃げろ。逃走資金ぐらい、何とか都合してやる」

「逃げるのは、いやだなあ。最後の勝負を懸《か》けたいよ」

と、管野は、いった。

だが、間に合わなかった。

6

熱海から、迎えが来たのだ。

二人の若者だった。その片方は、桜調査《リサーチ》社の竹原だった。

「うちの会長が、管野先生をお迎えにいって来いといわれて、私たちが、まいりました」

竹原は、いやに丁寧《ていねい》にいった。それだけ向こうは、自信満々なのだろう。

「熱海のあの太平洋商事の館《やかた》か」

「そうです」

「そこで、最後の対決か」

「会長は、管野さんに、会いたいと前々から、おっしゃっておられました」

「社長の名前は、何といったっけな」

「今は、皆さんから、名前ではなく、会長と呼ばれています」

「社長から会長に出世したのか」

「多くの子会社を吸収されたので、社長から会長と呼ばれるようになりました」

「なるほどね」

「その会長のご招待です。別に、ご心配はいりませんよ。会長は、同時に、東京警視庁の十津川警部も、招待されていますから」

と、竹原は、いう。

「なるほど。その場で、おれを逮捕させる気か。脅迫罪で」

「それに、暴行罪も。いずれにしろ、十津川警部の気持ち次第ですから。それとも、今から、逃げますか」

竹原は、皮肉っぽくいう。

管野は、また、小さく笑った。

「いや。二度とないチャンスだから、会長さんに会いに行こう」

管野は、部屋にいた、久間を促《うなが》した。

ビジネスホテルの外には、黒光りのするベンツのリムジンが駐《と》まっていた。迎えの車だ。

それに乗り込む。

「大丈夫なんですか」

と、久間が、隣で、ふるえている。管野は、わざと、

「どうかな。連中は、残酷だからな。警察に引き渡さずに、その場で、射殺されるかもしれないぞ。猟銃くらい持ってるだろう」

その言葉に、久間は、黙ってしまった。

そのあとは、管野も、口を閉じ、黒いベンツは、ひたすら、高速から、一三五号線に入って、熱海に向かって走る。

コロナの夜でも、熱海は、まばゆく輝いていた。

年末に向かって、危機が追いかけてきていたのに、人々は、ＧｏＴｏ景気の幻想に浮かれている。

深く考えれば、足下の落とし穴に気づくはず

なのに、誰もが、遠くしか見ていないのだ。

この泉都《せんと》熱海は、そんな幻想にあふれている。

一時、熱海の若者が消えてしまっていたところへ、外部から来た新市長は、一泊二万円以上の高級旅館や、ホテルの宿泊代を一万円台に、押さえ込んだ。

夕食代はなしにした。観光ホテル、旅館のやたらに豪華な夕食を、若者たちは、さほど歓迎していなかったのだ。

その代わり、二万円台のホテル、旅館は、一万円台に値下がりした。

その上、夕食がつかないので、客は、夕食を求めて市内の中華料理、日本料理、フランス料理、イタリア料理の店に行くようになり、街全体に、活気がよみがえった。

若者が、戻ってきたのだ。

今度は、コロナとの戦いだが、まだ、街も観光客も、迷っているように見える。

そのため、奇妙に明るいのだ。

管野たちを乗せた車は坂をのぼり、予想どおり、巨大な太平洋商事ビルに入って行った。

煌々《こうこう》と明るい玄関口に横付けになる。

管野たちを、真っ赤なじゅうたんが迎えた。

長い廊下の途中で、管野を迎えたのは、トイレから出て来た十津川だった。

並んで奥に向かって歩きながら、

「元気らしくて、安心しましたよ」

と、十津川が、いった。

「今日は、おれを逮捕するために来たんですか？」

と、管野が、歩きながらきく。

「かもしれないし、逆に向こうを逮捕するためかもしれない。どう転ぶのか、それが楽しみでね」

大広間には、全員が、揃《そろ》っていた。

太平洋商事の会長
畑山元首相と息子の敬介
高橋夫妻
桜調査《リサーチ》社の社員たち
刑事たち七人

まず、太平洋商事の会長が、あいさつした。

「今日、ここに集まったわれわれは、今から三年前、経済不振のため、一致して再建に向けて戦った。

最初は、順調だったが、その後、不振に襲われ、結果的に失敗してしまった。県民の中に何人かの自殺者を生み、仲間の中から、ここに再会した管野慎一郎君を、刑務所に送ってしまった。その結果、われわれは、お互いを信じられなくなり、疑心暗鬼《ぎしんあんき》の眼で見るようになった。誠に不幸だった。

特に、ひとり刑務所《ムショ》入りを味わった管野君は、仲間の裏切りで、実刑を受けたと邪推《じゃすい》し、勝手な復讐に走ったのだ。それは、いかにも彼らしい暴力的な、乱暴なもので、昔の仲間を捕まえては、自白を迫り、殴りつけた。

まず、畑山先生と子息の敬介氏が、その犠牲になった。管野君は、久間征信と組んで、父子をホテルの一室に監禁し、椅子に縛りつけ、無理矢理、お二人が、自分を裏切り、刑務所に送り込んだと、いわせたのだ。敬介氏が、ノーというたびに、管野君は、敬介氏を殴り続けた。そのため、お二人は、一週間近く入院しなければならなくなり、今日、お出《い》で願いましたが、痛み止めの薬を飲んでおられるのだ。

　管野君の疑心暗鬼は、これでは止まらず、当然、高橋康正現国務大臣と夫人にも向けられた。

　自分が、刑務所入りで苦しんだのに、一緒にマネーゲームで動いた高橋氏が、現職大臣でいるのが、おかしいというわけだ。これこそ、下衆《げす》のかんぐりそのものだが、管野君には、それがわからないのだ。

　畑山先生の場合と同じように、沖縄石垣島の別荘に、休みを取っていた高橋夫妻を追っかけ、自分に都合のいい証言を引き出そうと、一時間近く、殴り続けた。

　その様子を、管野君は、ボイスレコーダーに取り込んだ。畑山先生の場合と同じだ。自ら、相手を殴りながら、それをボイスレコーダーに録音している。この二本が、そのボイスレコーダーの録音だ」

　それに合わせて、管野が、

「い、いつの間に？　これは、泥棒じゃないか」

「いや、これは、暴行の証拠品だよ」

と、会長は、いった。

「この二本を、皆さんに聞いてもらいましょう。特に、十津川警部には、しっかり聞いてほしい。管野君の行為が、刑法にいう暴行罪に当たるかどうか知りたいですからね」

　会長自ら、二本のボイスレコーダーのスイッチを間をおいて入れた。

　音だけでも、畑山父子や、高橋夫妻が、管野に殴られているのがわかる。管野が、本気で、相手を殴っているのがわかるのだ。

　会長が、十津川に向かって、

「どうですか？　ひどい暴行でしょう」

「確かに、人間の拳が、相手を殴りつけているのはわかりますが、ボイスレコーダーの音だけでは弱いので、具体的な写真が欲《ほ》しいですね」

　と、十津川が、慎重に、いった。

「そういわれると思っていました。それを予期して、高橋康正夫婦が、同じように殴られているところを、ひそかに隠しカメラで撮影し、また、殴られているところを、ビデオカメラで、撮《と》ってあります。

　隠しカメラで撮った写真は警察に送ります。ビデオは今から、この場所で映しますので、よく見ていただきたいと思います」

　会長が指示を出すと、桜調査《リサーチ》社の連中が、広間の中央に、映写装置を持ち込んで、映写を始めた。

　管野は、自分が、石垣島の別荘で、高橋夫妻を殴ったことは、はっきり覚えているが、それを、隠しカメラで撮られていたことには、気がつかなかった。

（かなり、派手に殴りつけているな）

と、自分で感心した。

特に、高橋康正に対しては、自分でもわかるほど、容赦なく殴っている。

一時間近いボコボコ殴りである。

「ここに映っているのは、君に間違いないね」

と、十津川は、きく。

「間違いありません。おれは、意識して、ボコボコにしてやろうと思って、殴った。二年六カ月、刑務所に入れられたお礼ですよ」

管野が、いう。

「十津川さん、これで、はっきりしたでしょう。管野愼一郎は、殺してもかまわないという気持ちで、四人を殴ったんですよ。殺人未遂といってもいい。こんな危険な人間を野放しにしたら、われわれは、危なくて外出もできない。だから、今、直《ただ》ちに逮捕してほしい」

と、会長が、管野を指さした。

「管野さん、何か反論はありますか？」

と、十津川は、管野を見て、

「あなたのことだから、何の用意もなく、ボコボコは、やらないと思っているんですがね」

「そうですねえ」

と、管野は、広間の中をゆっくりと見廻《みまわ》していたが、

「ああ、やっぱり、ここにありましたね。おれたちが、盗み出した太平洋商事の看板です」

と、嬉しそうに、いった。

「これはね、いわば、太平洋商事の顔なんだ。一〇〇年以上前の創業の時に作ったんだ。君た

ちにまた盗まれては大変なんで、この部屋に、大事に、隠しておくことにしたんだ」

と会長が、いった。

「おれは、おれたちがまた盗み出すと困るので、外に掛けず、部屋の中に隠してしまうだろうと、読んだんだ。こちらが考えたとおりだった」

「どういうことか、説明してほしいね」

と、十津川が、きく。

会長も、急に不安になったのか、近くにいた畑山父子と、小声で、何か話していた。

「おれは、三年前のマネーゲームでは、欺《だま》され続けていたことに、無性《むしょう》に腹が立った。それで、四人をボコボコにしたが、これだけでは、刑務所気がすまなかった。おれと同じように、刑務所に送ってやりたかった。だから、いろいろと考えておいたんだよ。そこで、こんな計画を立てたんだ。おれを刑務所へ送った連中は、普通じゃ、自分たちの犯罪を自白したりはしないだろう。悪いところは、全部、おれに押しつけて、表面上は、被害者の恰好《かっこう》をしているんだからな。そこで、まず、暴力的な連中を痛めつけることから始めることにした。おれは、連中を恨んでるから、何をするかわからない。何しろ、連中に欺されて一人だけ刑務所暮らしを味わわされてるし、五億円を失ってるからな。その一方で、おれは、久間に手伝わせて、連中が大事にしている、板看板四枚をまず奪った。部屋の外に掛かっている看板だから、盗むのも簡単だったよ」

「しかし、そんなものを奪ったって、君の望む復讐にはならんだろう」

十津川が、不思議そうに、首をかしげた。

「そのへんを、これから説明する。おれの、本当の、狙いは、金属製の大きな看板のほうだった。だが、それを知られたくないから、まず、安い木製の看板を先に盗み、その続きの形で、金属製の看板も二枚盗んだ」

「しかし、焼いたり、こわしたりする前に、奪い返されてしまったじゃないか」

「そうだ。それも、最初からの計画だった」

「よくわからないが」

「それをこれから、説明していくよ。ここにきて、おれは、連中から警戒され、スパイみたいな男や女が、つくようになった。先日、新しい『サフィール踊り子一号』に乗った時も、妙に色っぽい女が近づいてきた。熱海で食事を一緒にしてから、眠り薬を飲まされた」

「それを、警察に訴えても、証明は難しいな。今になってしまうと」

と、亀井刑事が、いう。

ここまでは、十津川が、管野の味方か、会長たちの味方かがわからない。

管野は、笑った。

「睡眠薬で殺されたわけじゃないから、そんなことで連中を訴えたって仕方がないさ。ただ、その時、おれが完全に眠らされていたのは、わずか一〇分間なんだ。そんな短い時間、おれを眠らせて、いったい何をするつもりだったのか、それを知りたかった。だから、必死で調べたよ。金を盗まれたんじゃないか。身体に刺青《いれずみ》を入れられたんじゃないかとかね」

「それで、何かわかったのか？」

と、十津川が、きいた。

「おれは、革靴《かわぐつ》をはいていた。その革靴のカカトの部分を、一〇分間で削って、そこに小さな発信器を取りつけたんだよ。一〇分間でだ。そのため、おれが、その革靴をはいて外出すると、行動の全てが、連中に筒抜けになるんだ。あわてて、その発信器を、外したが、その時、ピンときたんだ」

管野は、そこまで話して、ニヤリとした。

「問題の金属製の看板は、中が空洞になっているんだ。だから、中に、小型の録音機を隠せる。そう考えてね。あとは、そのための偽装工作だよ。連中を、ボコボコにして、おれの存在が危険と思わせたり、金属製の年代物の看板を、おれが、また盗んで、叩きこわす気らしいので、表には掛けず、部屋の中にしまっておこうと考えさせたり、苦労したよ。今日、ここに来て、問題の看板二つが、外から外されて、この広間に置かれているのを見て、ホッとしたよ。この二枚の看板の前で、連中が、おれをどうするつもりか、相談したに違いないからね」

管野がいい終わると、全員の眼が、問題の看板に注がれた。

「その二枚の看板の下の方に、小型の録音機を仕込んでおいたのさ。それを取り出して、聞いてみたいんだがね」

管野が手を伸ばすと、会長が叫んだ。

「駄目だ。君が、勝手に、私たちの古い看板に、録音機を仕込んだんだ。この看板は、私たちのものだ。勝手に、触《さわ》ることも開けることも許さん。十津川さん、私の主張のほうが正しいだろう。どうなんだ？」

と、管野。

「録音機はおれのものだ」

「しかし、それを勝手に、私の看板の中に入れたんだ。つまり、私の看板の中に捨てたということだ。捨てたものを、どうしようと、私の自由だ。そうだね？　十津川さん」

会長は、一歩も引かない。

多分、管野の言葉から、容易ならぬ空気を感じ取ったのだろう。

畑山父子や、高橋夫妻も、じりじりと、二つの金属製の看板に、にじり寄っている。その二つの看板の中に、ひょっとすると、管野が主張する「危険なもの」が入っているのではないかという疑いを持ち始めたのだ。

「とにかく、ここにある二つの看板は、大正《たいしょう》時代から、私の祖父が、大切に使っていたものだよ。所有権は、私にあり、中身を調べる権利も、私にある」

「そのとおりだよ、十津川さん」

と、畑山元首相が、いった。

彼の息子や、高橋夫妻も、それに合わせて、看板の中身を調べる権利は、持ち主の会長が持っていると主張する。

「警察は、ただちに、わけのわからないことをいう管野君と、その友人を連れて、帰ってくれないか。看板に、何が入っているかは、こちらで調べて連絡する」

と、会長は、最後通牒《つうちょう》みたいないい方をした。

「おれは、ぜひ、看板の中を見たいね。おれは、この久間と二人で、自分たちの録音機を入れたんだから」

と、管野が、噛《か》みつく。

「君には、その権利はない」

と、会長が、いい返す。

「そのとおりだ」

今まで黙っていた十津川が、双方に向かって、いった。

「バカなことをいうな。おれは、小型の録音機を、この久間と二人で、そこの看板に仕込んだんだ」

管野が、怒鳴る。

「その証拠は？」

「証拠なんかない。努めて、わからないように入れたんだ」

「君たちの指紋は、ついていたのか」

「そんなものはないよ。わからないように入れたんだから」

「では、証拠は、ないんだな」

「開けてみれば、わかるよ」

「それには、看板の持ち主、太平洋商事の会長の許可が必要だ」

「私は許可しない」

「こうなると、二つの看板を調べることはできませんね。法律的には」

と、十津川は、管野に、いった。

「そんなことをいったら、事件は、解決できなくなるぞ」

「何の、事件です?」

「三年前の事件と、今年になって起きた殺人事件だ」

「それは、この広間とは関係ない」

「何をいってるんだ」

「ここで、事件の関係者がいるとしたら、あなたの協力者、久間と、畑山元首相たち四人、それに、会長です。あなたは、最後に会長をボコボコにすると、いっていましたからね。だが、ボコボコ事件は、ゲームなのか真剣なのかわからないから、当事者同士で、結論を出してください。警察は、ゲームに介入できませんから」

「待ってくれ。この管野は、本気で私たちを殺す気だ」

「そうとは思えませんね。皆さんは、彼が、高橋夫婦の沖縄の別荘にやってくるのを知っていて、新しい防犯用の録音装置を備えつけたんじゃありませんか。ゲームに見せようとした。とても、真剣とは思えません」

そのあと、十津川は、刑事らしい断定的な言葉で、管野、久間、会長、畑山父子、高橋夫妻に命令した。

「この広間で解決できるのは、ボコボコゲームだけです。それで、関係者だけを残して、この広間を閉鎖します。他の者は、誰も入れませんから、心ゆくまで、ゲームを楽しんでください。それから、問題の、看板二枚は、警察が預かります。会長の許可がないかぎり、絶対に、中身は調べませんから、ご安心ください」

そのあと、部下の刑事たちに命令した。

「このあと、関係者以外、絶対に、中に入れるな」

「どのくらいの時間ですか？」

「そうだな。双方の年齢や、体力を考えれば、一時間で、結着するだろう」

と、十津川は、いった。

しかし、一時間どころか、わずか一六分で、会長が、悲鳴をあげ、広間の外にいる十津川に、助けを求めてきた。

「助けてくれ。奴は、本気で、私たちを殺す気だ」

「本人は、ボコボコゲームだといっていますが」

「殺す気だよ。何しろ、われわれが、奴を、刑務所に送り込んだと思い込んでるんだ」

「しかし、管野は、自分の要求が入れられなければ、ボコボコゲームを続けると、いっているんですよ。よほど、このゲームが気に入ってるようで——」

「わかってるよ。二つの金属製看板の分解を許可するよ。とにかく、管野を止めてくれ」

7

二つの金属製看板の中から、小型の録音機二つが発見された。しっかりと動いていた。

十津川が、音を大きくした。

「出所してからの管野が、私たちにとって、危険な存在になってきた」

「しかし、自殺者が何人も出たのは、自分のせいだと思い込んでいて、二年六カ月の刑務所暮らしも、仕方がないと思い込んでいたんじゃないのかね」

「いろいろと、知恵をつける人間もいますから」

「管野が、変な行動に出るなんてことは、ないだろうね」

「押さえるところは、押さえていますが」

「木村は、どうしてるんだ?」

「あの男には、あくまでも管野の友人のふりをして、彼の気持ちを、今までどおり、自責の方向に持っていけと、いってあるんですが」

「あるが、何だね?」

「友人を欺しているのは辛《つら》いと」

「おかしいじゃないか。木村は、最初から、そのつもりで、管野を欺してきたんだろう?」

「それが、辛くなったと、いってるんです」

「要するに、金がほしいんだろう。あいつは、あくまで、金だよ。うまく立ち廻るために、一千万円も出してやったし、マンションも買い与えているんだ」

「そうです。金ですよ」

※

「多恵のことは、問題ないんだろうね」

「あれは、畑山先生の息子さんの、完全なミスですよ。先生の時代は、浮気は、男の甲斐性《かいしよう》ですみましたが、今は、命取りになりますからね」

「もう、事故死ですんだんだろう」

「金がかかりましたよ。週刊誌をおさえるのにね」

「その点、感謝している」

「それなら、次の内閣改造では、次期総理の椅子、お願いしますよ。私も、もうそんなに若くないんだから」

※

「三年前のマネーゲームだが、警察が見直す、なんて動きは、ないんだろうね？」

「もう、みんな忘れてますよ」

「しかし、最近、『静岡のマネーゲームの真実』という本が出てるじゃないか」

「左翼系の郷土史家の書いたもので、一千部刷《す》ったが、余ってしまったという代物《しろもの》です。全く影響力はありませんよ」

※

「先日、会長は、名画に凝《こ》っていて、マネ

の絵を五〇億円で、買ったと、週刊誌に出てましたが、あれはやめてください」

「どうして。名画の収集は、実業家として、最高の趣味だと、ほめられたんだよ」

「しかし、去年も、七〇億で、ピカソを買ってるでしょう。今度は、管野が出所してるから、自重《じちよう》してください。その金が、何処から出てるんだと、調べられたら、まずいですよ」

「管野に、高尚《こうしよう》な絵画《かいが》の趣味なんかないだろう?」

「かもしれないが、大事な時だから、自重してくださいよ。下手をすると、一蓮托生《いちれんたくしよう》ですからね」

※

三年前の静岡県で起きた、政財界を巻き込んだマネーゲームについて、再調査が行なわれることになった。

編集部注・この作品は、月刊『小説ＮＯＮ』（祥伝社刊）令和三年一月号から七月号まで連載されたものです。

本作品はフィクションですので、実在の個人・団体、列車などとは一切関係がありません。

ノン・ノベル百字書評

キリトリ線

なぜ本書をお買いになりましたか（新聞、雑誌名を記入するか、あるいは○をつけてください）

- □ （　　　　　　　　　　　）の広告を見て
- □ （　　　　　　　　　　　）の書評を見て
- □ 知人のすすめで
- □ タイトルに惹かれて
- □ カバーがよかったから
- □ 内容が面白そうだから
- □ 好きな作家だから
- □ 好きな分野の本だから

いつもどんな本を好んで読まれますか（あてはまるものに○をつけてください）

●**小説**　推理　伝奇　アクション　官能　冒険　ユーモア　時代・歴史　恋愛　ホラー　その他（具体的に　　　　　　）

●**小説以外**　エッセイ　手記　実用書　評伝　ビジネス書　歴史読物　ルポ　その他（具体的に　　　　　　）

その他この本についてご意見がありましたらお書きください

最近、印象に残った本をお書きください		ノン・ノベルで読みたい作家をお書きください	

1カ月に何冊本を読みますか	冊	1カ月に本代をいくら使いますか	円	よく読む雑誌は何ですか	

住所					
氏名		職業		年齢	

あなたにお願い

この本をお読みになって、どんな感想をお持ちでしょうか。

この「百字書評」とアンケートを私までいただけたらありがたく存じます。個人名を識別できない形で処理したうえで、今後の企画の参考にさせていただくほか、作者に提供することがあります。

あなたの「百字書評」は新聞・雑誌などを通じて紹介させていただくことがあります。その場合はお礼として、特製図書カードを差しあげます。

前ページの原稿用紙（コピーしたものでも構いません）に書評をお書きのうえ、このページを切り取り、左記へお送りください。祥伝社ホームページからも書き込めます。

〒一〇一―八七〇一
東京都千代田区神田神保町三―三
祥伝社
NON　NOVEL編集長　坂口芳和
☎〇三（三二六五）二〇八〇
www.shodensha.co.jp/
bookreview

NON NOVEL

「ノン・ノベル」創刊にあたって

「ノン・ブック」が生まれてから二年一カ月、ここに姉妹シリーズ「ノン・ノベル」を世に問います。

「ノン・ブック」は既成の価値に〝否定《ノン》〟を発し、人間の明日をささえる新しい喜びを模索するノンフィクションのシリーズです。

「ノン・ノベル」もまた、小説《フィクション》を通して、新しい価値を探っていきたい。小説の〝おもしろさ〟とは、世の動きにつれてつねに変化し、新しく発見されてゆくものだと思います。

わが「ノン・ノベル」は、この新しい〝おもしろさ〟発見の営みに全力を傾けます。

ぜひ、あなたのご感想、ご批判をお寄せください。

昭和四十八年一月十五日

NON・NOVEL編集部

NON・NOVEL—1054

長編推理小説　十《と》津《つ》川《がわ》警《けい》部《ぶ》シリーズ　**伊《い》豆《ず》箱《はこ》根《ね》殺《さつ》人《じん》回《かい》廊《ろう》**

令和 3 年 9 月 20 日　初版第 1 刷発行

著　者　西《にし》　村《むら》　京《きょう》　太《た》　郎《ろう》

発行者　辻　　浩　　明

発行所　祥《しょう》　　伝《でん》　　社《しゃ》

〒101-8701

東京都千代田区神田神保町 3-3

☎03(3265)2081(販売部)

☎03(3265)2080(編集部)

☎03(3265)3622(業務部)

印　刷　堀　内　印　刷

製　本　ナショナル製本

ISBN978-4-396-21054-0 C0293　Printed in Japan

祥伝社のホームページ・www.shodensha.co.jp